JN100464

華麗に離縁してみせますわ！３

登場人物紹介
エイドリアン
ローザの夫。
だんだんと領主らしくなってきたものの、ローザとの別れの気配に気分が沈むことも。
ウォレン
エイドリアンの甥っ子。
事故で両親を亡くし、伯爵家に引き取られた。
ローザ
父の命でエイドリアンに嫁ぎ、今は夫の「立派な領主化」を支えている。
ブリュンヒルデに瓜二つだからと、国王に目を付けられてしまった。

エヴリン
リンドルン王国の王妃でエクトルの妹。
ハインリヒ
オーギュストの弟で、リンドルン王国の現国王。
マリアベル
平民上がりの、ハインリヒの寵姫。
ドルシア子爵
「仮面卿」と呼ばれるローザの父で、その正体は元王太子のオーギュスト。冤罪を晴らすため、水面下で手を回している。
ブリュンヒルデ
ローザの実の母。現在は行方不明。
エクトル
宰相。ローザ達を自邸に滞在させている。

プロローグ

旦那様の様子がおかしいですわ……

ローザがそう感じ始めたのはいつくらいからか。

バークレア領地の視察から帰ってきて、間もなくかもしれない。

数ヶ月に及ぶ領地視察で、エイドリアンは領主としてひと回りもふた回りも大きく成長した。勝手に代官を名乗っていたユースト・ハイゼンをお縄にし、農作物の上前を撥ねていた盗賊『銀ギツネ』にはきっちり仕置きを加え、銀ギツネの頭領であったベネット・グインを含めた盗賊団は全員、領主であるエイドリアンの手下になった。

領地内の馬の育成事業は新規販路開拓で息を吹き返し、隣接しているブロワ領からの横暴も見事に解決してのけ、今ではエイドリアンに対する領民達の信頼は回復している。

領地にはびこっていた数々の問題を解決し、こうして意気揚々と王都に帰ってきたはずなのに、どうしてかエイドリアンに元気がない。

「旦那様、どうなさいましたの？」

ローザはそう声をかけた。そして、執務机に向かっているエイドリアンの手元を見て首を捻ってしまう。先程から、手にした本のページが全然進んでいない。

「あ、いや、なんでもない」

エイドリアンが取り繕うように笑うので、ローザはますます怪訝に思う。

やはり覇気がありませんわ……。どう見ても意気消沈していらっしゃいます。お城で何かあったのでしょうか？

「ご一緒に庭を散歩しませんか？」

ローザはそう誘ってみた。芋畑にしてしまったバークレア伯爵邸の庭とは違って、ここダスティーノ公爵邸に広がるのは、手入れされた美しい庭園だ。気分転換になるかと思ったのだが、エイドリアンは意外そうな顔をした。

「私と？　宰相閣下とではなくて？」

まるで念押しするかのようである。そこでローザははたと気がついた。

あら、そういえば、宰相様も今日はダスティーノ公爵邸にいらっしゃいますわね。でも、わたくしが今お誘いしたのは旦那様ですわ。

「ええ、旦那様と……」

頷きかけて、ローザはふと口を閉じる。

「エイディーとですわ」

にっこり笑ってそう言い直すと、エイドリアンの顔がぱぁっと明るくなった。ローザはくすくすと笑ってしまう。

あら、本当に可愛らしいですわ。まるで尾っぽを振る子犬のよう。ふふ、こうまで喜ばれると、なんだかこちらまで嬉しくなってしまいますわね。

エイドリアンの差し出す腕を取り、エスコートされる形で庭に出た。

思った通り、ダスティーノ公爵邸の庭園はとても美しい。薔薇が咲き誇る温室に入ると、エイドリアンが庭師に声をかけ、白薔薇を一本手折ってもらった。

「君の髪に」

白薔薇を髪飾りに？　あら、嬉しいわ。ありがとう。

少しばかりぎこちない手つきで、エイドリアンがローザの髪に白薔薇を飾る。

「似合うよ」

ふふ、旦那様の笑顔も素敵ですわ。これは掛け値なしの本音ですわよ？　最近、旦那様のお顔に嫌悪を感じなくなったせいでしょうか、素直に素敵だと思えますもの。

「お仕事は順調ですの？」

ローザが問う。エイドリアンは今、王城でこなしていた仕事——文書整理の残務処理をしていた。これから本格的に領主の仕事に専念するためだ。

「ああ、私の方はね。けれど宰相閣下は大変みたいだ」

大変？　宰相様は口が堅いので、ここは一つ、旦那様から聞き出した方が良さそうですわね。

ローザが話の先を促すと、エイドリアンは知っている情報を教えてくれた。

「第二王子のカール殿下と、第三王子のパトリス王太子殿下のいざこざの仲裁に入って、神経をすり減らしているみたいだよ。なんて言うか……エレナ・リトラーゼ侯爵令嬢の取り合いになっているみたいだ」

「エレナ様が板挟みに？」

エイドリアンが頷く。

「そう、パトリス王太子殿下も彼女と結婚したいらしい」

そのお二人が候補なら、お相手はきっと、パトリス王太子殿下になるでしょうね。あちこちで子供のような振る舞いをなさるカール殿下は素行に問題がありますもの。

「エレナ様のお気持ちは？」

ローザがそう問うと、エイドリアンは難しい顔をした。

「それが……困ったことにどっちも嫌みたいだね。相談役になっている宰相閣下に泣きついているみたいだよ。なんとかしてほしいって」

あらまぁ……第三王子のパトリス王太子殿下も駄目なんですの？

ローザは意外に思った。

パトリス王太子殿下は、第一王子のアムンセル殿下のような華はありませんけれど、彼のように横暴ではありませんし、頭も悪くはありません。そこそこ人気があったはず。そこまで嫌がる要素はないような気もしますが。

エイドリアンが苦笑する。

「カール殿下を虐めるのが嫌みたいだよ」

虐め？

「自分の優秀さを強調しようとして、カール殿下の悪口を言うのが嫌みたいだ。まぁ、第三王子はまだ成人前だろ？　王太子って言っても、まだ子供みたいなものだからしょうがないのかもな」

確かに成人は十六歳ですけれど、十五歳は十分に分別のつく年齢だと思いますわ。

けど、まぁ、大体分かりましたわ。

エレナ様のところへ一方的に押しかけるカール殿下を、パトリス王太子殿下がちくちく虐めるんですわね。それが嫌でしょうがないと……。といっても、貴族の結婚はほぼ父親の意向で決まりますから、エレナ様が嫌がっても、恐らくどうにもなりませんわね。

「気になるか？」

「ええ、エレナ様がお気の毒ですわ」

そう、政略結婚は他人事ではない。

ローザがほうっとため息を漏らすと、エイドリアンが困ったように言った。

「いや、そうじゃなくて。ほら、宰相(さいしょう)閣下はリトラーゼ侯爵令嬢と、その、親密にしている」

「ええ、宰相(さいしょう)様はお優しい方ですから、相談に乗って差し上げているのでしょう。エレナ様がアムンセル殿下の婚約者だった時からそうでしたもの」

本当にエレナ様は婚約者に恵まれませんわね。せめて、良好な関係を築ける相手と婚約できればいいのですけれど……

ローザから漏れ出るのはまたまたため息だ。

「いや、だから、君は宰相閣下が好きなんだろう？　焼き餅とか……」

焼き餅……わたくしが、エレナ様に？

ローザはきょとんとする。

「宰相様がエレナ様といい仲になりそうですの？」

「さあ？　それは分からないけれど……」

「では、お仕事なのでしょう？　焼き餅を焼くようなものではないと思いますけれど」

「そういうもんか？」

エイドリアンは複雑そうだ。

焼き餅……。あら、でもそういえば、宰相様にそういった気持ちは湧きませんわね。恋をしたのも初めてですし……恋心なんて本当によく分かりませんわ。掴みどころがありません。

ローザは隣を歩くエイドリアンの横顔をじっと見つめた。

――エイディー！

思い出すのはやはり、エイドリアンが殺されると思ったあの瞬間である。今でもあの時のことを思い出すとひやりとしてしまう。エイドリアンが足を止め、こちらを覗き込んできた。

「キスしてもいいかな？」

ローザは笑ってしまった。

「夫婦ですのよ？　いちいち断らなくても大丈夫ですわ」

本当に旦那様は律儀ですわね。

「そりゃ、本当の夫婦なら……」

エイドリアンは再度苦笑して、身をかがめた。

「愛しているよ、ローザ」

そう告げて、そっと唇を重ねる。本当に軽く触れるだけの……

顔が離れると、ローザは怪訝(けげん)そうに自身の口元に手を当てた。やっぱりおかしいと、そう思った
からだ。遠慮されているような気が、どうしてもしてしまう。見上げると、目に映るのは黒髪の美
貌の伯爵様だ。柔らかな眼差しがローザを包み込むよう。

ええ、父とは全然違います。だからでしょうか、嫌な感じは全くありません。むしろ可愛い、彼
の場合はそう思ってしまう……綺麗な顔は苦手なはずなのに、どうして？

「……エイディー、どうしましたの？」

ローザはエイドリアンの頬にそっと手を添えた。顔は笑っているのに、何故か泣いているように
も見えて、胸を締めつけられて仕方がない。

本当にどうしたんですの？

「なんでもないよ、こうして君といられるだけで嬉しいんだ」

エイドリアンはそう言って笑い、頬に添えられたローザの手を握った。慈しむようにその手に接(せっ)

吻(ぷん)をし、そのまま手を引いて歩き出す。

ローザの口元が自然とほころんだ。

なんだかくすぐったいですわ。手を繋いで歩くなんて、ふふ、子供みたいですわね。小さなウォ

レンとおっきなウォレン。どちらも愛しくてたまらない。

「次はウォレンも一緒に散歩しましょうか」

ローザがそう言うと、エイドリアンも笑う。

「そうだね。そうしようか」

何気ない日常の何気ないやりとり、でもそれが限りなく愛おしい。

第四章　君の微笑みよ永遠なれ

第一話　愚者の選択

「わたくしの結婚相手は、やっぱりパトリス殿下でしょうか？」

ある晴れた日のこと。ローザにそう問うたのは侯爵令嬢のエレナである。意気消沈しているように見えた。今はローザとのお茶会の真っ最中で、目の前には美味しそうな菓子の数々が並んでいるにもかかわらず、心は晴れないらしい。紅茶のカップを手にしたローザは頷いた。

「ええ、そうですわね。なんと言ってもパトリス殿下は王太子ですし、最有力候補だと思いますが……エレナ様のお父様はなんとおっしゃっていますの？」

「それが……他に好きな人はいないのかと聞かれました。いるのならそちらを検討すると……」

あら、好きにして良いということですの？　リトラーゼ侯爵様は随分と子煩悩……ではなくて、もしかして、ハインリヒ陛下が近々失脚することを知っているのかしら？

ローザはその可能性を鑑みた。

……ありうる。父のドルシア子爵が懇意にしている高位貴族には、リトラーゼ侯爵も含まれている。だとするなら、ドルシア子爵が元第一王子のオーギュストだと知らされ、王座奪還に協力している可能性もある。であれば、王太子との婚約は避けようとするだろう。自分の娘を、失脚することが確定している男の妻にしたいわけがない。

ローザはエレナに目を向けた。ブラウンの髪の楚々とした女性だ。無垢な笑顔が愛らしい。ローザはエレナに柔らかく笑いかける。安心を誘う笑みだ。

「エレナ様には好きな方がいらっしゃいますの？」

「え、その……気になる方はいます」

エレナが手をもじもじさせる。

あら、でしたら……

「お見合いなさってはいかが？」

「でも、二十五歳も年上です。父とさほど年が変わりません。なんと言われるか……」

二十五歳も年上？　なら、エレナ様の思い人は、わたくしの父と同い年ということになりますわね。お父様と同い年……

——ほら、宰相閣下はリトラーゼ侯爵令嬢と、その、親密にしている。

ふとエイドリアンの言葉を思い出し、ローザははたと気がついた。

「もしかして、お相手はダスティーノ公爵様ですか？」

ローザがそう尋ねると、エレナの体がびくりと震え、顔がかぁっと赤くなる。

あらまぁ、本当にエレナ様は純情で可愛らしい方ですわね。

「ええ、お気持ちは分かりますわ。宰相様はとっても素敵ですものね？」

ローザがそっと耳打ちすると、エレナの顔がぱっと明るくなった。

「そ、そうなんです！　頼り甲斐があって格好良くて、思いやりがあって優しくて……」

勢い付いたエレナの褒め言葉が延々続き、ローザもまたうんうんと頷く。

ええ、そうでしょうとも、そうでしょうとも。ほら、ご覧なさい、旦那様。見る目のある女性は皆宰相(さいしょう)様を素敵だとおっしゃいますのよ？　少しは見習って下さいませ。

エレナがふっとうつむいた。

「でも、年が違いすぎて子供扱いされそうで、その……」

「あら、大丈夫ですわ。これから素敵な大人の女性になればいいだけですもの」

そう太鼓判を押し、ローザはふと思う。

――君は宰相(さいしょう)閣下が好きなんだろう？　焼き餅とか……

焼き餅……あら？　やっぱり焼きませんわね。むしろ宰相(さいしょう)様を褒められて浮かれましたわ。エレナ様と一緒に宰相(さいしょう)様を褒めちぎりたい気分です。となるとこれは恋ではない？　あらぁ？

本格的に悩み始めたローザであった。

「ねぇ、陛下、私が王妃になることはできないの？」
寵姫(ちょうき)マリアベルが王妃エヴリンへの不満を露(あら)わにする。マリアベルは頭のいい女性が大っ嫌い

だった。平民生まれの自分を見下されているような、嫌な気分になるからだ。自分にないものをひけらかす嫌みな女、そんな認識である。

今は酒宴の真っ最中で、踊り子達もいる。ハインリヒは自分の体にしなだれかかったマリアベルの肩を抱き、踊り子達の刺激的な踊りに見入っている。

「気に入りませんわ。陛下にちっとも愛されていないくせに、大きな顔をして。ほんの少し頭が良いからって、何様のつもりなのかしらね」

ぐびりと酒を呑み、ハインリヒが言う。

「……お前を王妃にするのは無理だ。流石に元平民の王妃ではいろいろと問題が出る」

「でも、陛下はなんでもできるでしょう？　私を王妃にすることだって……」

「マリアベル。あれはあれで重宝するのだ」

ハインリヒはそう言ってマリアベルを宥めた。

「重宝？」

「そうだ。あれがいろいろと必要な雑用をこなしてくれる。煩わしい政務から解放されるからこそ、こうしてお前とゆっくりできるというわけだ」

「あら、だったら下女と同じね」

マリアベルがふふんと鼻を鳴らす。

「ははは、そういうことだ」

ハインリヒが酒を口にし、上機嫌で言った。

「そういえば、もう一人気に入らない女がいるわ」

「うん？」

「ほんのちょっと綺麗だからって、それを鼻にかける嫌な女。どこへ行っても、みんながあの女を褒めるの。『夜会の薔薇』なんて言われていい気になって、気に入らないわ。ねぇ、陛下。あれを修道院に送ることはできないかしら？」

　ハインリヒがにやりと笑う。

「ほう、お前の不興を買ったか。どんな女だ？」

「どんな……そうね、陛下の部屋に飾られている女の絵によく似ているわ」

「何⁉」

　途端、ハインリヒの顔つきが変わる。

「あれに似た女？　どこの誰だ？　名は？」

　勢いよく肩を掴まれ、マリアベルは戸惑った。

「え？　ええっと……ローザ？　そんな風に言われていたわ」

「姓は？　爵位は？」

「さ、さあ？　よく覚えていな――きゃあ！」

　突然頬を叩かれ、マリアベルが悲鳴を上げる。

「それくらい覚えろ、この役立たずめが！」

「へ、陛下？」

ハインリヒの激変についていけず、マリアベルは大きな体にすがりついた。

「ごめんなさい、ごめんなさい、陛下、許して……」

「ああ、もう、いい！　フェイン！」

傍に控えていた近衛兵を呼びつける。王妃エヴリンの弟だ。

「マリアベルが言うローザという女を捜せ、いいな？　余のところへ確実に連れてこい」

「御意」

フェインが一礼して立ち去ると、ハインリヒは謝り続けるマリアベルをその場に放置し、自室へ戻る。肖像画の中で微笑む女性の姿に目を細め、ハインリヒはにんまりと笑った。ブリュンヒルデ・ラトゥーア・リンドルンの肖像画だ。

「お前に似た女か……面白い。もしお前の面影を宿していたら、絶対ものにしてやる。今度こそ逃がさないからな」

ハインリヒはそう呟いた。

——本当ならお前が王太子だったんだ。

これはハインリヒの母親の言葉だ。オーギュストを見かける度に、ハインリヒの母親ジョセフィーヌが何度そう口にしたか分からない。自分が王妃になるはずだったのだからと。正統な後継者はお前のはずだったのにと、呪詛のようにそう言い聞かせた。

そうだ、この女は余のものになるはずだったんだ。それを兄上が横取りした。

ブリュンヒルデの肖像画を前に、ハインリヒがぎりっと歯を噛みしめる。

母ジョセフィーヌは、リンドルン王国の二大公爵家の一つ、バイエ公爵家の出だ。そして、祖父は王弟で、自分が王になるはずだったと言い続けた男である。

その妄念を受け継いだのがジョセフィーヌだ。お前は王妃になるべくして生まれたんだと、そう言い聞かされて育った。なのに、王が王妃にと選んだのは別の女である。その王妃が産んだ男子が美しく才気に溢れていればさらに憎たらしい。

ハインリヒが王妃の子オーギュストに剣で負ければ烈火の如く怒り、兄に負けぬようにと乗馬も勉学も厳しく躾けた。それゆえ、誰かが兄オーギュストを褒めそやす度にハインリヒは劣等感を刺激され、憎しみを募らせた。

忌々しい。あいつさえ、あいつさえいなければ……

——この私が王太子だった。

記憶の中のハインリヒがそう口にする。それは母親の呟きそのものだったろう。母親が死去し、支配から自由になっても、彼はその妄執から逃れられない。王太子の座に固執し、王になることに執念を燃やした。まるで母親の写し絵のように……

——この私こそが正統な跡継ぎだ。

ハインリヒがそう口にすれば、バイエ公爵の息のかかった従者達はハインリヒを褒めそやす。そうですとも、あなたこそが王に相応しい、と……

そうだ、自分こそが王に相応しい。

——ご機嫌麗しゅう、兄上。

ハインリヒは笑顔の奥に憎悪を押し隠した。それは母親の仕草そのものだ。憎しみでいっぱいになった心を笑顔の奥に押し込め、虎視眈々と相手が失脚する隙を狙う。だが、その隙がどうしても見当たらない。オーギュストは優秀すぎたのだ。問題が起こる前に解決してしまう。

いっそ暗殺を……

そんな考えが頭をもたげたが、バレれば自分を処分する格好の口実を与えてしまう。下手な真似はできない。そして、オーギュストが王太子としての地位を不動のものにすればするほど、ハインリヒは兄に対する鬱屈した思いを抱え、憎しみを募らせることになる。

あいつさえいなければ、と……

オーギュストへの憎しみが決定的になったのは、恋した女を取られた瞬間か。

幼い頃はおてんばだったブリュンヒルデを、ハインリヒは「出しゃばり女」と蔑み遠ざけたが、大きくなっておしとやかになればそんなことはすっかり忘れ、彼女の美しさにのぼせ上がった。なにせヴィスタニア帝国一の美女と言わしめたほどの美貌である。

ブリュンヒルデが十六歳の時、彼女と結婚したいと父王に打診したが、ブリュンヒルデは既にオーギュストの婚約者だと言われ、ハインリヒは仰天した。

——発表前だが、これは決定事項だ。

父王にぴしゃりと言われ、ハインリヒは歯噛みした。

横取りしやがって！

ハインリヒが吐き捨てる。

そうだ、この女は私のものだ。いつか、いつか絶対に取り返してやる。次期国王の座も何もかも……今に見ていろ！

そんな気持ちを持て余していたある日のこと。ヴィスタニア帝国第二皇子のヨルグが「滅びの魔女の手記」とやらを持ってきた。それは不完全な写本だった。魔女の秘薬の作製方法が記されているが、ところどころ抜けている。

不死の秘薬？　馬鹿馬鹿しい……

ハインリヒはそう思ったものの、リンドルン王家に伝わる秘蔵書の写本だと聞かされ、なんとなく気になった。「不死」がもし本当だったら？　そんな考えがむくむくと湧き起こる。

そういえば、聖王リンドルンは滅びの魔女を討ち滅ぼしている。もしかしたらそういった神秘の技が記されているのかもしれない。ハインリヒはそんな淡い期待を持って原書を読もうとしたが、読めなかった。記された文字は古代語だったのだ。

古代語に堪能な者をと考え、ハインリヒは神官長に解読させることにする。

解読には随分と時間がかかったが、その内容は恐るべきものだった。これは不死の秘薬ではない。まさに滅びの秘薬そのものだ。

秘薬を飲んだ女は、意中の男への憎しみを周囲の人間に植えつけることができるだと？　恋した男を破滅させる秘薬とはな……本物か？　本物ならオーギュストを慕う女を利用して、あいつを王太子の座から引きずり下ろせる。この私が王になれる！　周囲が敵だらけになるのだからな！　本物かどうかを確かめる方法……そんなもの分かりきっている。実際に作って実験してみればいい。

そうして白羽の矢を立てたのが、当時薬師として名を馳せていたダスティーノ公爵令嬢のエヴリンだ。彼女ならこの意味不明な薬の作り方も理解できるに違いない。

——好きな男をものにできるそうだ。

ハインリヒが言葉巧みに欲望を煽れば、エヴリンは興味を示した。ハインリヒの口角が上がる。

やはりな……。ああ、分かっていたとも。お前の目はいつだってオーギュストを追っていたからな。オーギュストが婚約し、一旦は諦めたようだが諦めきれまい？　私がブリュンヒルデを諦められないように。

秘薬が完成した当初は気軽に試してみたが、これが失敗だった。三人の女は全員死んだ。秘薬は適合者でないと効果を発揮しないようだ。が、不適合者への副作用たるや凄まじい。三人の女はみるみるうちに干からび、ミイラのようになったのだ。眉唾ものだった思いが、一気に吹き飛んだ。

これは……本物かもしれない。

ハインリヒの中にぞくぞくとした愉悦が湧き上がる。

こんな効果を発揮する薬、他にどこを探せば見つかるというのか。いや、ありはしない。まさしく魔女の秘薬だ。適合者を探して貴族平民を含めた百人近い女が死んだが、構うものか。奇跡的にケイトリンという平民女が生き残った。こいつがいれば十分だ。

——あたい、オーギュと添い遂げられるようにね、今、呪術をかけてるの。絶対離さないんだから。あたいのオーギュに近づく女は全員殺してやる。

そう言って、ケイトリンはけらけらと笑う。オーギュストを自分の運命の恋人だと言って憚らない。面識すらないというのにだ。頭が少々おかしいと思ったが、そこもまたどうでも良かった。目的を達成したら殺せばいい。

秘薬を飲んだ女、ケイトリンから抜き取った血を、軍会議での祝杯に入れて振る舞った。タルトリア王国との平和調停が結ばれた祝杯だ。集まった重鎮も騎士も、一斉に杯(さかずき)を口に運ぶ。

効果は……あった！　あったぞ！

ハインリヒは歓喜し、狂喜乱舞した。オーギュストに対する悪意を撒(ま)き散らす者が現れ始めたのだ。オーギュストは今回の平和調停の一番の功労者だというのに、である。

本物だ！　本物だ！

オーギュスト殿下よりハインリヒ殿下の方が王太子に相応しい！　誰かがそう叫び、そうだそうだと、次々呼応する者が現れる。

いいぞいいぞ、ははは！

ハインリヒがそう喜んだのも束の間。

――何を言っている、お前達！　気が触れたか？　王太子はオーギュストだ！

烈火(れっか)の如く怒ったのは父王だ。

父王とオーギュストの気質はよく似ていた。兄のオーギュストも普段は温厚だが、怒らせると今の父王のように苛烈である。鍛え上げられた衛兵ですら腰を抜かす。こうして、鬼神の如く……そんな風に喩(たと)えられるほどに怒る姿は、瓜(うり)二つ。

――私が王太子と認めたのは第一王子のオーギュストだ。お前達、私に反旗を翻(ひるがえ)す気か？　このたわけどもが！　反逆罪で処刑されたいか！

ハインリヒは動揺した。

何故だ？　何故魔女の血が効かない？　確かに同じ祝杯を口にしたはず……。父王は聖王リンドルンの血を引いている。魔女を葬（ほうむ）った聖王の直系だ。そのせいか？

理由は分からなかったが、父王が正常のままではまずい。そう判断したハインリヒは、迷わず近衛兵から奪い取った剣で父王に斬りかかっていた。父王は帯剣していなかった。とっさに抜刀するような仕草をしていたが、ない剣を抜くことはできない。

ハインリヒの刃が届いた瞬間、何故だ、という顔で父王に見られたような気がしたが、お前が悪いと心の中で吐き捨てた。兄上なんかを庇うからだと、そう罵（ののし）った。ぐらりと父王の体が傾ぎ、どうっと倒れる。赤い血潮が床一面にざあっと広がった。

——父上！

そこへ、軍会議に遅れてやってきたオーギュストが叫ぶ。ハインリヒの口角が上がった。

ははは、丁度いい。

——捕まえろ！　陛下を殺害したのはオーギュストだ！

ハインリヒがそう叫べば、祝杯を口にした全員がそれに賛同する。すぐさま近衛兵を含め、会議に参加していた者全員がオーギュストを取り囲んだ。

ああ、おかしい。これまで味方だった者達が全て敵に回った気分はどうだ？　ああ、いくらお前でも、自分の仲間を斬り殺すなんて真似はしないよな？

思惑通り、オーギュストは抵抗しなかった。「無実を証明してみせる」？　ふん、馬鹿め。お前の味方などいるものか。

その後もハインリヒは魔女――ケイトリンの血を使い、次々とオーギュストの味方を寝返らせた。

――違う、エクトル！　私は無実だ！　やっていない！

――言い訳は見苦しいですぞ、殿下！　証人が山のようにいる。このような嘘つきを尊敬していたとは、ああ、嘆かわしい！　自分が許せませんな！

オーギュストの乳兄弟のエクトルはそう叫んだ。エクトルの紳士然とした知的な顔が今や怒りに歪（ゆが）んでいる。ハインリヒはオーギュストの絶望に満ちた顔に歓喜した。

ははは、どうだ？　昨日までお前の無実を信じて必ず助け出すと約束していた者達が、明日には次々なじる側に回る。悪夢を見ているようだろう？　まさに魔女の血だ。おかしくて仕方がない。

その勢いに乗って、地下牢（ろう）に拘束されたオーギュストの尊厳を踏みにじってやろうとしたが……

これは失敗に終わった。拘束は解かなかったのに、剣の勝負に負けたのだ。

くそっ！　くそっ！　くそっ！　どうしてああなった？

怒り狂ったオーギュストに殺されると思い、ハインリヒはとっさに近衛兵に助けろと命じた。手を出すなと命じていたにもかかわらず、だ。あれは屈辱以外の何物でもなかった。

ハインリヒの声に従って動いた近衛兵が偶然手に取った焼けた火かき棒がオーギュストの顔面を捉え、自分は事なきを得たが、起こったことをなかったことにはできない。ああ、思い出したくもない出来事だ。あれさえなければ、愉快そのものだったというのに。

後日、オーギュストの処刑は速やかに行われた。

これで憂いはなくなった、そう思ったが……

――あたいにくれるって言ったじゃない！

オーギュストを処刑した翌日、怒り狂ったケイトリンがハインリヒに噛みつき、近衛兵達の手を振り切って逃げ出した。追っ手をかけたが、今なお行方は知れない。そして、ケイトリンに噛まれたハインリヒは、三日三晩高熱を出して寝込むことになった。

くそっ、あの魔女めが……

――ハインリヒ殿下、あの女は不死身です。

ケイトリンを追いかけた近衛兵が震えつつそう漏らした。

――け、剣で突いても切っても、死なない。死なないんです……

ハインリヒは舌打ちを漏らした。そんな戯れ言聞く気にもなれない。逃がした言い訳か？　第二皇子のヨルグは勘違いをしていただけだ。あれは不死の秘薬などではない。

国王となった後、ハインリヒはブリュンヒルデに求婚したが、手酷く撥ねつけられて憤慨する。

この私が！　せっかく言い寄ってやったというのに！　それならば力尽くで……

ハインリヒはブリュンヒルデを手込めにしようと動いたが、彼女は抵抗した。

――下がりなさい。

碧い瞳が毅然とハインリヒを見据えた。

――わたくしに対する無礼は、ヴィスタニア帝国に対する侮辱だと、兄は判断するでしょう。ヴィスタニア帝国との戦争をお望みですの？

まさに皇女の風格であろうか、ブリュンヒルデはハインリヒを威圧してみせた。その姿は忌々しいほどに美しい。結局手が出せないまま、ブリュンヒルデはひと月ほどで軟禁していた城から姿を消した。一体どこへ消えたのか……

回想からふっと我に返ったハインリヒは、ブリュンヒルデの肖像画をじっと見つめた。見た目だけは最高の女だったのにな。残念だ。そう、見た目だけは最高だった。ローザか……今度こそ手に入れてみせる。絶対逃がさない。

ハインリヒはそう考え、にんまりと笑った。

第二話　秘めた恋は美しい

マデリアアナ・ドリスデン伯爵令嬢のアトリエを訪れたローザは驚いた。正面にある白薔薇の騎士が描かれた巨大キャンバスに目を奪われたからではない。アトリエのそこここに散らばったスケッチ画に描かれているのが、どう見ても自分の父親だったからだ。そう、ドルシア子爵の絵姿である。

これは……

床に散らばったスケッチ画から、マデリアアナが今まさに筆を乗せているキャンバスに視線を移すと、そこに描かれているのはやはりドルシア子爵――仮面卿だ。白い仮面を着け漆黒のマントを羽織った姿は、ただそれだけで見る者を圧倒する。背景に描かれているのは深紅の薔薇だ。

赤い薔薇は血の香り……

ぞくりと怖気を覚え、ローザはこくりと生唾を飲み込む。

ああ、駄目ですわ。どうしても、どうしても父の場合、赤い薔薇と合わさると血を連想してしまう。美しい花のはずなのに、まるで死の象徴のよう。何故でしょう？

――唯一無二の光……私の宝……

耳に蘇った父親の声を、ローザはぶるぶると顔を横に振って追い払う。この声だけはいつだって包み込むように優しい。だからこそ余計に混乱する。

キャンバスに今一度視線を戻せば、仮面の奥から覗く緑の双眸はやはり恐ろしくも美しい。蠱惑的だけれど、底なしの闇を映し出しているかのようなあの瞳が、そこに再現されている。

ローザは思わず見入ってしまった。感嘆したと言ってもいい。

見事です。本当に素晴らしい。マデリアナ嬢は画家としての才をお持ちでしたのね。歴代の名画と並べても遜色のない出来映えです。きっと誰もが賞賛するに違いありませんわ。

「マデリアナ嬢、これは？」

ローザが声をかけると、マデリアナの筆の動きがピタリと止まる。彼女が振り向き、いつもの人形のように作り物めいた微笑みに迎えられた。

「ようこそ、ローザ夫人。ええ、素敵でしょう？　わたくし、仮面卿がとてもとても気に入ってしまって、最近はもっぱらこうして彼の姿を描いておりますの」

マデリアナが、うっとりとした眼差しを自分の絵に向ける。頬を染めた姿は、まるで恋する乙女のよう。ローザはある種の予感に身を震わせた。

「……マデリアナ嬢は、もしかして父に恋を？」

「ええ、そうかもしれませんわね？」

ローザはヒッと悲鳴を上げそうになる。

「では、結婚したいとかそういう？」

まさかという思いをローザが込めると、マデリアナはコロコロと軽快に笑った。

「いいえ、結婚したいとは思いませんわ、ローザ夫人。恋と結婚は別物ですもの」

「別物？」

「ええ、恋は崇高で美しいもの。わたくしはそう思っております。現実とはかけ離れた夢ですのよ、ローザ夫人。ですが結婚は現実ですわ。現実に生きようとするなら、たとえ凡庸でも、わたくしはわたくしに寛容な若者を選びますわ。そうそう、家柄も釣り合っていなければいけませんわね？」

「恋する相手は結婚対象にはならないと？」

「わたくしの場合は、ですけれど」

マデリアナが今一度くすりと笑い、ローザの顔を覗き込む。

「ローザ夫人はもう結婚されていますけれど、伯父のダスティーノ公に恋をしましたか？」

ローザはどきりとする。マデリアナが訳知り顔で指摘した。

「ほら、オークション会場で、告白なさったではありませんの。伯父がいないと生きていられないと。びっくりしましたわ。でも、誰にも言いません。秘めた恋ですものね？　美しいですわ」

「秘めた恋……」

「ええ、とっても素敵な響きでしょう？」

うっとりとしたマデリアナの表情を見て、ローザは気がついた。マデリアナは美しいと感じるものが好きなのだと……。至高の芸術品をこよなく愛するように、美しいと感じるものを愛してやまない。

「……わたくし、恋と結婚は同一のものと思っておりましたわ」

ローザがぽつりと言うと、マデリアナが微笑んだ。

「ええ、そういう方もいらっしゃると思いますわ。わたくしは違うだけ。それでよろしいのでは？」

マデリアナがそう言ってまたコロコロと笑った。ローザは不思議に思う。

何故でしょう？　恋に関してはマデリアナ嬢の方が、ずっと大人のような気がしますわ。

「マデリアナ嬢はたくさん恋をしましたのね？」

「ええ、とても。初恋は五つの時ですわ。でも、今は仮面卿が一番ですわね。寝ても覚めても彼のことばかり。ええ、とても素敵な夢ですわ」

あらまあ、本当におませさんでしたのね。でも、わたくしの場合は環境が悪すぎましたわ。いつだってお父様という巨大な壁が立ちはだかっていましたもの。

「わたくし、その、自分の気持ちが分かりませんの。誰が好きなのか分からず、迷ってしまって……。どうすれば自分の気持ちがはっきりするのでしょう？」

マデリアナは不思議そうに首を傾げた。

「伯父の他にも恋を？」

「恋ではないと思いますが、主人のエイディーに……」

ローザがそう告白すると、マデリアナはおかしそうに笑った。

「あらまぁ、では両思いではありませんか。仲がよろしくて羨ましいですわ」

「ですから、それが分からなくて……。どちらが本当に好きなのか、自分でも分かりませんの」

ローザの返答に、マデリアナが目を丸くする。

「あら、ということは……どちらも気になるけれど、本命がどちらか分からないと、そういうことですの？」

ローザが頷けば、マデリアナは細い顎に人差し指を当てた。

「わたくしは迷ったことがないので、よく分かりませんが……そうですわね、一度すっぱり別れてみるという手もありますわ」

「主人と？」

「ええ、近くにいすぎて分からないのかも。離縁までいかなくても、別居という方法もありますわ？　好きでしたら、そう……離れて寂しく感じるのではありませんか？」

ローザはマデリアナの顔をじっと見返した。

ええ、そうかもしれませんわね。ただ、バークレア伯爵家の再興という目的がある以上、別居は少々難しいような気がしますけれど。

「それはそうと、ローザ夫人は今年も剣術大会に出場なさいますの？」

白薔薇の騎士として。そう囁（ささや）かれ、ローザは頷く。

「ええ、もちろんですわ」

「ふふっ、それは楽しみですわ。そうだわ！　剣術大会にはドルシア子爵もいらっしゃいますか？」

「え？　いえ、父は貴族が集まるような場所へは参りませんの」

そう、父のドルシア子爵が貴族の会合に顔を出すことはない。エクトルのように親しい人物と顔を合わせたら、仮面を着けていても正体がバレる危険があるからだと、今ならば分かる。

だから、父はわたくしを高位貴族との繋ぎに使った……

「そうですの。残念ですわ。まぁ、ドルシア子爵の正体が、処刑されたはずの元第一王子では致し方ありませんけれど」

マデリアナがさらりと口にした言葉に、ローザは驚いた。

これは宰相（さいしょう）様が教えた、ということですわね。

「……口が軽いと、父が怒りそうですわ」

ローザがため息をつくと、マデリアナが笑う。

「あら、伯父のせいではありませんわ。強いて言うなら……わたくしの前で、伯父に正体を見破られてしまったドルシア子爵の失態ということでいかが？」

「……オークション会場での出来事は仕組まれたことですわ。わざと、ですのよ？」

そう、お父様は宰相（さいしょう）様に会うためにオークション会場にまで足を運んだ。恐らくあの時、宰相（さいしょう）

様に自分の正体を明かすつもりだったのでしょう。わたくし達が飛び入り参加しなければ、きっと父はそうしていたはず……

マデリアナが言い添えた。

「でしたら、わたくしを信頼して下さった、ということでよろしいではありませんの。ふふ、わたくしの父はドルシア子爵と交流がありますのよ？　ですから、わたくしを助けて下さったのでしょうね」

マデリアナの発言にローザは目を見張った。

「父が助けた……？　マデリアナ嬢を？」

「ええ、偽の仮面卿がわたくしに接触してきましたので、排除して下さいましたわ」

「偽……」

「ええ、偽ですわ。でも、そのお陰で仮面卿に会うことができましたので、わたくしは幸運とも言えますわね。本物の仮面卿に助けていただいたんですもの」

ローザはやはり驚いた。

そんなことまで……お父様の動きは本当に読めませんわ。

「わたくしも何かお手伝いをと申し出ましたけれど、けんもほろろに断られてしまいましたの。ねぇ、ローザ夫人、わたくしに何かしてほしいことはありませんの？」

「父の計画にわたくしは関与しておりませんので、申し訳ありませんが……」

マデリアナが目を丸くする。

「あら、ローザ夫人は当事者ですのに」

「今更、ですわね。父の秘密主義はいつものことですわ」

「ふふっ、ローザ夫人は貴重な戦力だと思いますけれど……ああ、もしかしたらお父様は、あなたを守ろうと必死なのかもしれませんわね？　大事な愛娘ですもの」

マデリアナの指摘には答えず、ローザは曖昧に笑った。父の真意は読めない。大事な愛娘……そうだったらどんなにか。思っても詮ないことではあるが……

マデリアナのアトリエを後にし、夕暮れの街並みを馬車で移動していたローザは、窓の外に、花売りの少女が同じような年頃の子供達に囲まれ、べそをかいている様子を見て取った。ローザはとっさに口を開く。

「トーマス、馬車を停めて」

「へい、奥様」

年老いた御者のトーマスが手綱を引く。ローザが馬車を降りると、侍女のテレサが付き従った。テレサは明るく人懐っこそうに見える女性だが、ドルシア子爵の密偵で腕が立つ。最近は護衛を兼ね、外出の際はこうしてローザの傍を離れない。

「あなた達、何をやっているんですの！」

子供達の足下にはたくさんの花が散らばっている。恐らく花売りの少女の商品だろう。

「あ……」

「やべっ……」

女の子に詰め寄っていた子供達が慌てて散っていく。地面に落ちている花をローザが一緒に拾い集めると、花売りの少女が「ありがとう」と小さく礼を言った。

「先程の子達は？」

「あ、その……花の代金をもらおうとしたら、枯れかけの花なんかに払う金はないって……それより迷惑料をよこせって……」

どうやら売り上げを巻き上げられそうになっていたらしい。あんな子供までがゆすりたかりの真似をするなんて……ローザはため息を漏らす。

「そう、災難だったわね。お花を売ってもらえるかしら」

「でも、踏まれたから……」

無残な有様になった花を手に、女の子はうなだれる。

「いいのよ、全部もらうわ」

ローザが金貨を出すと、花売りの女の子の顔がぱっと明るくなった。

「ありがとう、お姉さん！　仮面卿みたいだわ！」

そう言われ、ローザは面食らった。どこが似ていると言うのだろう？

「あたしはルナよ！　優しいお姉さん、良かったらまたお花を買いに来て！」

急ぎ家路についたルナの背を見送っていると、テレサがくすりと笑い、「仮面卿は常に金貨を出します。普通は銅貨ですわ、奥様」と囁（ささや）いた。ローザは納得する。

ああ、そういうこと。気前が良いと言いたかったのね。

「父は平民の間では人気があるとか……」

以前、ヴィスタニア帝国の皇帝ギデオンがそう言っていた。テレサが頷く。

「ええ。貧しい者には富を与えて下さいますし、小さな子供を大人の暴力から守って下さいます。時には恐ろしい制裁を加えますが、多くの者達が彼を必要としています」

「テレサ、あなたも？」

いつも明るい笑みを浮かべてくれる彼女が、ふっと真顔になった。

「ええ、わたくしもですわ、奥様。仮面卿に拾われなければ今のわたくしはありません。きっと……ええ、どこかで命を落としていたでしょう」

「家族は……」

「いません。唯一の肉親であった兄は処刑されました。言いがかりも甚だしい理由で」

テレサの拳が震えているのをローザは見て取った。

「ハインリヒ陛下に？」

「ええ、そうです。原因は寵姫ですけれど……」

テレサが悲しげに顔を曇らせる。

原因は寵姫マリアベル。なら、彼女の機嫌を損ねた、ということね。

「あの時のわたくしはまだほんの子供で、復讐しようにもその手立てもなく、途方に暮れておりました。そんなわたくしを拾って下さったのが仮面卿です。ですから仮面卿がわたくしの父親代わりで……も、申し訳ありません！　失礼なことを！」

テレサがはっとしたように口元を押さえ、慌てて頭を下げる。

「いえ、いいのよ。ふふ、そうやって父を素直に慕えるあなたが羨ましいわ」

「……奥様は違うのですか？」

「どうしても恐ろしいと、そう感じてしまって。慕うどころではありませんの」

ローザの返答にテレサは驚いたらしい。

「奥様はお強いですが……それでも恐ろしいですか？」

「ええ。どうしても父の前に出ると萎縮してしまうわ」

抱きしめても下さらないとそう不満に思いながらも、父との触れ合いを怖いと感じる自分もいる。

よそよそしい父の態度を寂しく思いつつも、近づかれるのが怖くて仕方がないなんて、自分の気持ちなのに本当、ままなりませんわね。

ローザは自分の手元に視線を落とし、そっとため息をついた。

第三話　昨日の敵は今日の友

「……王座はいつ取り戻すんだ？」

ドルシア子爵の真向かいに座る赤銅色の髪をした巨漢——ヴィスタニア帝国皇帝ギデオンが問う。ギデオンはローザの母親ブリュンヒルデの兄で、妹を溺愛していた彼は姪のローザをも溺愛している。

二人がいるここはドルシア子爵邸の客間で、彼らの間にあるのはチェス盤だ。一度もドルシア子爵に勝てたことがないのに、ギデオンはこうして挑戦することをやめない。

仮面の下の唇が言葉を紡ぐ。

「すぐだ」

「すぐ、ねぇ……にしては王都は平和だな？　物資の移動は普段のままだし、武器の移動もなし。内乱の準備が整っているようには全然見えないぞ？」

ギデオンがそう口にする。どうやらリンドルン王国の動きを探らせているらしい。

「……内乱など起こさない」

ドルシア子爵の言葉にギデオンは目を丸くし、次いでにやりと笑った。

「はっ、それはまた、大きく出たな？　王冠を取り戻すとなると、お前とハインリヒとで権力が真っ二つに割れるんだぞ？　血を流さずにどうやって王座を取り戻すんだ？　お前が冤罪だったと分かっても、ハインリヒの甘い汁にしがみつく阿呆は大勢いるぞ？」

「主要勢力は既に制圧済みだ」

「……あん？」

「一つ一つ薄皮を剥がすように……力を削いでやったとも。くっ、ははは、あの豚は勢力圏が入れ替わったことにも気づいていない。信じていた者達に、いや、自分の飼い犬だと思っていた者達に首を食いちぎられる様は、さぞ見物だろうな？」

「……はっ、これはこれは、品行方正な王太子様が随分と良い性格になったな？」

そんな嫌みにも、ドルシア子爵の表情は変わらない。

「自分で自分の首を絞めたのはあいつだ。後ろ盾になっていた祖父の前バイエ公爵を粛清したのだからな。それで勢力が完全にひっくり返った。自業自得だろう？」

ドルシア子爵が告げた内容に、ギデオンが目の玉をひん剥いた。

「は？　おいおいおい、まさかあいつが自分で？　正気か？　自分の味方だろう？」

「敵だと思わせてやればいい」

「思わせてやればって、そんな簡単に……」

「元々仲は良くなかった。そこにほんの少しの毒を混ぜてやっただけ。どちらも自分が一番でないと気が済まない質だからな。火種さえ作ってやれば双方疑心暗鬼になり、勝手に争って自滅する」

ドルシア子爵の手が動き、コツンと駒を置いた音が響く。ギデオンが仮面をかぶったドルシア子爵の顔を睨めつけた。

「……ほんっと良い性格になったな、お前……」

「お前は変わらんな？」

「ああ、ああ、馬鹿だって言いたいんだろ？　聞き飽きたよ」

ギデオンの言いように、ドルシア子爵がふっと笑う。

「チェックメイト」

ギデオンの腰がソファから浮いた。

「あああ！　これで二百回目の負け！」

「違う、二百二回目だ」

「んな細かいこといーんだよ！　少しは花を持たせろ！」

「……お前の場合、手が単純すぎる。戦術は組み立てるな」

「いちいち腹立つぅ！」

ギデオンが赤銅色の髪をかきむしる。そこへノックの音が響いた。

「失礼します、旦那様」

現れたのは銀髪の執事、ザインだ。王家の影だった男で、今はドルシア子爵の手足として働いている。ドルシア子爵はザインから受け取った紙片に目を通し、ぐしゃりとそれを握りつぶした。立ち上がって、暖炉にその紙片を焼べる。

「どうした？」

それが爆ぜる様子を見守ることもなく動き出したドルシア子爵を、ギデオンが呼び止めた。

「……ローザがあの豚に見つかった」

「え？　あの豚って……まさかハインリヒか⁉　おい、ちょ、ま、待て。だったら俺も行くぞ！あんな野郎にローザちゃんをいいようにされてたまるか！」

皇帝になってからは「私」と口調を改めていたギデオンだったが、気が緩むと「俺」になってしまうようだ。扉に手をかけたドルシア子爵が足を止め、ギデオンを振り返る。

「そうだな。だったら……ハインリヒに会って、ローザを側室にしたいとごねろ。ブリュンヒルデ失踪の一件を水に流し、国交正常化のために必要だと言え」

ドルシア子爵の要求に、ギデオンの顎ががくんと落ちた。リンドルンの王太子妃となったブリュンヒルデは、オーギュストの処刑から約ひと月後に王城から姿を消し、現在も行方知れずとなっている。その件でヴィスタニア帝国とリンドルン王国の仲はこじれにこじれ、今やほぼ国交断絶状態となっていた。

「はぁ？　側室って……ローザちゃんは姪だぞ？」

「振りだ、たわけ。協力する気がないのなら国へ帰れ。国境までザインに送らせる」

「ああ、分かった、分かったよ。協力するって」

ぶつぶつ言いながら、ギデオンは黒い重厚な背を追う。

「皇帝である俺の協力がないと困るんだろ？　だったら素直にお願いしますと――」

ギデオンの言葉を、唸るような声が遮った。

「お前の協力を得られず、ローザに無体な真似を強いるようなら……あの腐った豚を薬漬けにしてやるまでだ！　あの豚は建国記念祭まで生きていれば、それでいい」

ギデオンが首を捻る。

「建国記念祭までって……なんでだ？」

「ローザのお披露目をそこでする」

「なんでわざわざ建国記念祭で？」

もっと早くにすりゃあいい、そう言うギデオンをじろりと緑の瞳が睨めつける。

「国民の前で、ローザを救世主だと印象付ける必要がある」

「あん？」

「今の王都には貧困と飢えが蔓延している。その原因であるハインリヒを一般大衆の前で断罪し、聖王リンドルンの奇跡の御業、『矢切演舞』を披露してやれば、誰もがローザを王家の直系だと――次期女王だと認めるだろう。ローザを聖王リンドルンの再来だと言わせてみせる。私の時と同じようにな」

「矢切演舞って……おい、待て！　まさかローザちゃんにあれをやらせる気か？」

　ギデオンは慌てた様子でドルシア子爵の前に回り込んだ。

「矢切演舞は自分に向かって飛来する百本の矢を切り落とす荒技だぞ？　お前以外誰も、誰も成功した者はいないじゃないか！」

　ドルシア子爵の口角が上がる。

「そうだ。だからこそ効果的なんだ。矢切演舞を披露した私を、誰もが聖王リンドルンの再来だともてはやした。聖王リンドルンが恐ろしい魔女を討ち滅ぼした記念の日に、ローザが国民の前でそれを披露する。見ているがいい。誰もがローザに熱狂するぞ！　次期女王だと認めるだろう！流石聖王リンドルンの再来、オーギュストの子だと褒め称えるはずだ！」

　ギデオンが呆然と口を開く。

「ちょ、待て……お前、ほんっとおかしいぞ？　王女のローザちゃんに剣を仕込んだってだけでも異例だってのに、矢切演舞だと……？　なんでそこまでするんだよ？　ハインリヒの子だって言われているからか？　けど、王冠を取り戻したお前が一言、自分の子だって言えばそれで十分――」

「はっ！」

ギデオンの主張をドルシア子爵が鼻で笑い遮った。

「それで周囲がハインリヒの子だと言わなくなると言うのか？」

「実際、ハインリヒの子じゃないだろ？」

「ああ、違うとも！　だが、どれだけの者がその真実に耳を傾けると思う！　いい加減、そのおめでたい頭をなんとかしろ！」

足を止めたドルシア子爵に指先でドンッと小突かれ、ギデオンの巨体がよろけた。

「人はな、見たいように見て、信じたいものを信じるんだ！　ハインリヒの子だと思いたければそう見えるさ！　政権をひっくり返した際、どうなると思う？　ローザを女王にしたくない者にしてみれば、こういった誹謗中傷は格好の餌なんだ！」

ドルシア子爵が声を荒らげる。

「私とローザを見てみろ！　容姿では似ている部分が何一つない！　だからこそ、私と同じ能力を見せつける必要があるんだ！　国民の眼前で私の子だと印象付ける。ローザは私の子だ。私の子なんだ！　認めさせてみせる。絶対に……」

ドルシア子爵の瞳の奥にギラギラとした狂気にも似た執念を感じ、ギデオンは言葉を失った。再び歩き出した黒い背を急ぎ追う。

「俺からすれば、ブリュンヒルデの子ってだけで十分なんだけどなぁ」

再度、じろりと緑の瞳が睨めつけた。

「……ローザが謀反人の子だと後ろ指を指されてもいいと言うのか？」

「え？　いや……」

「この、うつけが……。ハインリヒの子だと言われるとはそういうことだ。この先、父王を殺した罪を暴いて、あれを断頭台へ送るのだからな！　ローザを罪人の子にするつもりか？　自分の血筋を恥じるような真似はさせない」

そこでギデオンははたと気がついた。

「おい、もしかして……。お前がローザちゃんは自分の子だと証明しようと躍起になってんのは、周囲の悪意から、誹謗中傷から、ローザちゃんを守りたいからか？　そういうことか？　罪人の子だと言われないようにしたくて……おいっ！」

ドルシア子爵は答えない。無言のまま足を速めた。王城へ出向き、ハインリヒと対決するために。

第四話　相見える時

「なんですってぇ！　あのローザとかいう女が、陛下の出席する晩餐会に出る？」

赤毛の美女、寵姫マリアベルが侍女の言葉に憤慨する。身に着けた華美なドレスはいつものように胸元が大きく開いていて、紅をたっぷりと塗った唇は真っ赤だ。

「ええ、はい。どうもそのようで……」

「なのに寵姫である私を呼ばないって、どういうことよ！」

マリアベルは晩餐会が開かれることすら知らなかった。

いつもであれば、自分の席はハインリヒの隣である。そして、王妃エヴリンに二人の仲の良さを見せつけるのが常だった。すました王妃の顔を眺めつつ、嫉妬に身を焦がしているだろうと想像するだけで愉快だったというのに……

まさか……陛下はあの女を本気で寵姫にするつもりなの？　嘘でしょう？

マリアベルはぎりっと唇を噛み、立ち上がる。

「ど、どちらへ？」

「陛下のところよ。私も晩餐会に参加させてもらうわ」

身を翻し、執務室へ向かう。執務室と言っても宴会場になっていることがほとんどだが……。

ハインリヒが真面目に仕事をしていることなどまずない。執務は王妃に丸投げである。が、今回は空振りだった。いつもであれば数名の美女を侍らせて、酒宴を楽しんでいるところだが……

「陛下はどちらに？」

マリアベルが目に付いた衛兵に尋ねると、謁見の間にいらっしゃいますとの答えが返ってくる。

「謁見の間？　誰か来ているの？」

まさかもうあの女が？　そう疑うも、衛兵の答えは違っていた。

「ええ、はい、ヴィスタニア帝国のギデオン皇帝陛下がいらっしゃっています。きっとまたブリュンヒルデ様の件で文句を言いに来たのでしょう」

「ブリュンヒルデ？　誰よ？」

「皇帝陛下の妹君であらせられます」

「妹？　なんで文句なんか……ああ、いいわ。陛下に直接聞くから」

マリアベルは急ぎその場を離れ、煌(きら)びやかな装飾の施(ほどこ)された両扉の前まで足を運ぶ。謁見の間である。その両脇に立っている衛兵二人を尻目に、堂々と謁見の間に押し入ろうとしたマリアベルを、衛兵が急いで止める。

「マリアベル様！　お待ちを！　ヴィスタニア帝国皇帝との謁見です！　無礼を働けば、あなた様でも首が飛びかねません。どうかお二方の会合が終わるまでお待ち下さい！」

衛兵二人に必死に止められ、マリアベルは渋々引き下がった。

皇帝、ね……。

どんな奴だろうとマリアベルは思う。マリアベルはハインリヒと毎日享楽にふけっているだけなので、他国の情報など全く把握していない。ヴィスタニア帝国がどのような国であるかも、リンドルン王国との関係が過去最悪となっていることも知らなかった。なので、マリアベルの興味は、皇帝がどのような男であるか、だけである。

会合が終わり、自国の近衛騎士達と共に謁見の間から出てきたギデオンを見て、マリアベルは一気に興味を失った。無骨そうな大男で、全く好みじゃない。自分はやっぱり美しい男が好きだ。そう、情夫アーロンのような色男が好きなのである。

まぁ、でも、ヴィスタニア帝国皇帝なら財力は相当なものよね？　好みじゃないけれど、あっちの具合は良さそうだし、言い寄ってみてもいいかもしれないわ。

マリアベルはそう考え、ほくそ笑む。

それが外交上どんな問題を引き起こすか、という考えには至らない。そして、一国の君主が傍を通れば淑女の礼をして目を伏せるのが礼儀であるが、マリアベルはいつも通り、立ったままギデオンの顔を凝視した。リンドルンの王城で、寵姫（ちょうき）である彼女の行動を咎（とが）める者はいない。

じろりとギデオンの野性味溢れる金色の瞳に睨（ね）めつけられ、マリアベルはびくりとしたが、自分が不遜な態度をとったという意識すらないまま憤慨した。

何よ、あいつ！　女の扱いがなっちゃいないわ！

そこへ、入れ替わるようにして王妃エヴリンがその場に姿を現したものだから、マリアベルの機嫌はさらに悪くなった。顔を見るだけで唾を吐きかけてやりたくなる女である。マリアベルは高貴な血筋の女が嫌いで、知性と教養のある女性が大っ嫌いだった。その筆頭が王妃エヴリンである。

王妃エヴリンはブルネットの髪の知的な顔立ちの女性だ。ほっそりとした肢体にまとうドレスは、マリアベルとは対照的なまでに清楚である。

「ご機嫌よう、王妃様。陛下に呼び出されたのかしら？」

一体何をやらかしたの？　と言外に含めるも、ふとその背後にいる仮面の男を見て、マリアベルは目を見張った。美しい男だと思ったのだ。仮面の下の顔を見てみたいと思うほどに。

立ち姿が優美で、口元には匂い立つような色気がある。仮面の奥から覗く緑の瞳は鋭利で、ぞくりとする冷たさを感じるが、そこがまたたまらない魅力となっていた。仮面の下には絶対に自分好みの美貌を持っているとマリアベルは直感し、彼女の赤い唇が弧を描く。

「ね、あなた、名前は？」

仮面の男――ドルシア子爵にマリアベルがすり寄ろうとし、王妃エヴリンがそれを阻んだ。声をかけられても見向きもしなかったが、二人の間に立ち塞がるように体の向きを変える。

「マリアベル嬢、彼はわたくしの客人です」

「客人？　何よ、もしかしてあんたの情夫？」

マリアベルがからかうと、エヴリンが顔をしかめた。明らかに不快に感じているようで、マリアベルは面白いとほくそ笑む。

当たらずといえども遠からずと言ったところかしらね？

エヴリンの後ろで、ドルシア子爵がすっと胸に手を当て、貴族の礼を執った。立ち振る舞いもまた完璧で美しい。

「私はドルシア子爵家当主、ジャック・ドルシアでございます、マリアベル様」

「あら、私の名を知っているのね？」

「それはもう。有名ですから」

何故有名なのか深く考えることもなく、ドルシア子爵に微笑まれたマリアベルは浮かれた。

「仮面を取りなさい。命令よ」

「マリアベル嬢、やめなさい」

王妃が再度割って入るが、ドルシア子爵は笑う。

「申し訳ありませんが……酷い火傷の痕がありますのでどうかご容赦を」

マリアベルが不満そうに口を尖らせた。

「何よ、そんなに酷いの？」

「ええ。あなた様のように繊細な心の持ち主なら、悪夢にうなされること請け合いです。どうか仮面の下の顔は想像にとどめておいて下さい」

「想像、ねぇ……そう言われると、もの凄くいい男を想像しちゃうわ。ね、あなた、女にモテるでしょう？　あっちは上手い？」

「マリアベル嬢！」

エヴリンが金切り声を上げ、マリアベルは顔をしかめた。

「何よ、邪魔しないで。あんたの情夫だって陛下に言いつけてやってもいいのよ？」

「言いがかりです！」

「だったら大人しくしてなさいよ！　焼き餅焼いちゃってみっともない！」

「そのようなことは……」

狼狽えたようにエヴリンのブラウンの瞳が揺れ動く。面白いと思った。どんな時も余裕ある態度を崩さなかった王妃が、こうも感情を露わにする姿は目にしたことがない。

陛下と私がどんなにいちゃついても素知らぬ振りだったくせに、この男には反応するのか……うふふ、面白いわ。だったら……

「ね、キスして？　仮面はしたままでいいから……」

ドルシア子爵の首に手を回して体を密着させ、マリアベルが豊満な胸をぐっと押しつける。すぐ隣で、エヴリンがひゅっと息を詰まらせた。マリアベルはにんまりと笑う。

うふふ、やっぱり面白いわ。王妃の血の気が引いてる。こいつに気があるのは確かみたいね。

ドルシア子爵の仮面の下の唇が、うっすらと弧を描く。

「ご冗談を」

「あら、本気よ？」

「あなたは寵姫(ちょうき)です。陛下に知られれば、私もあなたも首が飛びますよ？」

マリアベルは色気たっぷりに顔を寄せた。

「うふふ、バレなければ大丈夫よ。そこの衛兵にはちゃあんと賄賂(わいろ)を渡しているから、心配いらないわ。それより、あんた、凄いわ……見かけほど華奢(きゃしゃ)じゃないのね？　まるで騎士みたいに良い体してる。なんなら最後までする？　火傷(やけど)してたっていいわよ。仮面をしていれば気にならないもの」

エヴリンが再び金切り声を上げた。

「よしなさい、べたべたとはしたない！　異性の体をまさぐるなんて、淑女のすることですか！」

「煩(うるさ)いわね、あんたが男早(ひで)りだからってやっかまないでよ！」

肩を掴んだ王妃の手をマリアベルが乱暴に払いのける。ドルシア子爵の視線が、謁見の間の前に立っている衛兵に向いた。じろりと緑の瞳に見据(みす)えられ、彼らの体がびくりと揺れる。

「賄賂(わいろ)……本当か？」

ドルシア子爵が追及すると、衛兵達は狼狽えた。

「え、その……」

「ま、まぁ……で、ですが、彼女の逢瀬については口出し無用とあなた様が……」

おっしゃったではありませんか、という衛兵の言葉尻が消える。冷たい瞳のままドルシア子爵の口角が上がったからだ。火山噴火の前触れのよう。

「そうだったな。だったら、これも見て見ぬ振りをしろ」

底冷えのする声に衛兵が震え上がる間もなく、マリアベルは首を絞め上げられていた。

「な、なに……やめ……」

「虫唾が走る」

「ど、どうし……」

どうしてと言い切ることができない。ドルシア子爵に片手で首を掴まれ、体を持ち上げられていたからだ。マリアベルは呼吸困難なまま宙に浮いた足をばたばたさせる。マリアベルを見るドルシア子爵の瞳は、狂気を帯びて恐ろしい。いや、狂気を帯びた憎悪であろうか。

「娼婦なら娼婦らしく、きちんと客の意向を汲めばいいものを……お前のような女は絞め殺してやりたくなる。どうしてもと言うならこれでどうだ？　好きなだけ突いてやるぞ？」

そう言ってマリアベルの眼前にかざされたのは大振りのナイフだ。煌めく刃が凶悪である。

死ぬまでな……

ドルシア子爵にそう囁かれ、マリアベルはぞわりと総毛立った。その声が艶めき蠱惑的なだけに恐ろしさ倍増だ。本気だと分かる。ドルシア子爵の手が緩み、マリアベルの体がドサリと床に落ちると、彼女はゲホゲホと盛大に咳き込んだ。

「こ、こんな真似して……」

ただで済むと思ってるの、そう言おうとして、マリアベルは再び息を詰まらせた。冷たく鋭い緑の瞳をまともに見てしまったからだ。

「ひっ……」

言葉にならない声が漏れ、カタカタと歯の根が合わない。首から血が噴き出す幻影が見えた気がした。放たれたのは間違いなく殺気である。仮面の下の唇が再び弧を描いた。

「ハインリヒに言いつけるか？」

ふっと気がつけば、目の前に仮面を着けたドルシア子爵の顔がある。彼がかがんでマリアベルの顔を覗き込んでいたのだ。瞳と同じ冷徹な声が告げる。

「やめておけ。命が惜しければ大人しくしていろ。あの豚は相手の不貞を許しはしない。お前が私に言い寄ったという事実がバレればどちらも処刑だろう」

ふははと笑われ、マリアベルはぞっとする。どちらも処刑だと言いながら面白がっている節があるからだ。死ぬのが怖くないの？

「あ、あんたの言うことと私の言うことなら……」

陛下は私の言うことを信じるわ、ようようそう絞り出すも、鼻で笑われる。

「残念ながら第三者の証言があるぞ？　そら、見てみろ。お前と反目している王妃の証言だ」

マリアベルを冷たく見下ろす王妃の姿に再度息を詰まらせる。怒りだけではない、その瞳には明らかに嫉妬の色が浮かんでいて、マリアベルの額から脂汗が噴き出した。いつものように言い寄られたと嘘をついても、王妃がその証言を覆すだろうということは想像に難くない。

両方処刑……まず間違いなくそうなるだろう……

押し黙ったマリアベルの耳に、ドルシア子爵の嘲笑が滑り込んだ。薔薇の芳香のように甘いのに冷ややかで、心臓を鷲掴みされたような恐怖を覚える。

「お前の賄賂程度ではどうにもならん。虎の威を借る狐も良いが、ほどほどにしろ？　どうせ、砂上の楼閣だ」

ドルシア子爵が立ち上がり、身を翻す。漆黒のマントがばさりと舞った。

王妃とドルシア子爵が謁見の間の扉の向こうに消えても、マリアベルは動けなかった。そうっと自分の首に手を当てる。無意識の行動だった。

「あの無礼者が！」

王妃エヴリンがドルシア子爵ことオーギュストを伴って謁見の間に入った時、ハインリヒは癇癪を起こしていた。怒り心頭で、仮面を着けたオーギュストの姿も目に入っていないようである。しかし周囲の者達の視線は逆に、足音一つ立てずに歩くオーギュストに釘付けだった。恐ろしいほどの存在感なのに、こそりとも音を立てない。身にまとうのはやはり静寂だ。

「陛下、どうなさいました？」

王妃エヴリンが、玉座にいるハインリヒの前に進み出る。

「どうもこうもあるか！　あの傲慢な皇帝め！　余が目をつけた女をよこせと言いおった！　ブリュンヒルデの代わりだとな！　誰がやるものか！　ローザ・バークレアは余のものだ！　余の女だ！　誰にも渡さぬ！」

ハインリヒの叫びで、オーギュストの拳にぐっと力が入る。ハインリヒを睨みつける緑の双眸に憎悪の炎が踊ったが、それはほんの一瞬の出来事で、周囲の者達がそれに気づくことはなかった。と、怒り心頭だったハインリヒの目がオーギュストを捉え、不審そうに眉をひそめる。

「……うん？　そいつは？」

オーギュストが片膝をつき、臣下の礼を執る。オーギュストの所作はやはり驚くほど洗練されている。

「お初にお目にかかります、陛下。私はジャック・ドルシア子爵でございます」

ハインリヒがにやりと笑う。

「ほほう、そちか。領地で疫病が流行り登城できないと、二度も余の要請を蹴ったのは」

「申し訳ございません。流行病を王都に持ち込み、陛下にもしものことがあってはなりませぬゆえ。ご容赦下さい」

「良い。詫びの品が気に入った。許してやる。余の前で仮面をかぶる無礼もな。余は寛大であろう？」

「ありがたき幸せ。恐悦至極に存じます」

「して、今日はなんの用で参った？　娘の件か？　余の側室となることは決定事項だぞ？」

ねちりと笑うハインリヒが言った。まさか反対はすまいな？　そういった脅しを含んだ笑みだ。

オーギュストもまた笑う。

「ええ、そのようにうかがっております。ですから、献上品をお持ちいたしました。我が娘に目をかけていただき光栄です」

オーギュストの従者が荷物の覆いを取ると、金銀財宝の山である。周囲にどよめきが走る。ハインリヒでさえ度肝を抜かれたことは言うまでもない。まるで大国の王からの献上品のようだ。贈り物の素晴らしさに誰もが声も出ない。

これをたかが子爵家が？　ありえない……

ハインリヒはそう思うも、ドルシア子爵が商人の成り上がりだとは知っている。そう、商人の成り上がりだ。卑しい血の持ち主だ。それが、自分の機嫌を取るためにここまでしたのだと思えば気分がいい。ハインリヒは上機嫌で笑った。

「ほほう、光栄、とな。ははは、流石やり手の商人！　気に入ったぞ！」

ハインリヒがそう言って膝を叩いて笑った。

オーギュストもまたうっすらと笑う。

褒めているように見えて、貴族が耳にすれば、蔑んでいると誰もが気がつくだろう。貴族が商人の真似事をすることは恥だと言われているのだから。「やり手の商人」と言われて喜ぶ貴族はいない。貴族は商人から利益を吸い上げ、その恩恵にあずかっていながら、いつだって商人を見下す。こんな風に卑しい血だと蔑むのが常だ。

オーギュストが話題を変えた。

「ところで陛下、先程酷く荒れておいででしたが、何かお気に障ることでもありましたか？」

「ああ、ヴィスタニア皇帝もまたローザ・バークレアを側室にしたいと言い出して聞かない。あれを連れ帰るまではここに居座るとまで言いおった。実に腹立たしい」

「ははは、それはそれは。ヴィスタニア帝国にまで娘の美しさが伝わるとは……」

ハインリヒがじろりと睨めつける。

「……よもや、あちら側に渡す気ではあるまいな？」

「とんでもございません。でしたら、そうですね……私が皇帝陛下を説得いたしましょうか？」

「そちが？」

「ええ、もし私にこの一件を任せていただけるのなら、私がリンドルン王国の使者としてヴィスタニア皇帝と直談判し、二ヶ月後に行われる建国記念祭の時には、陛下の隣に我が娘の席を用意してご覧に入れましょう」

陛下の隣の席ということは、寵姫になるということと同義である。ハインリヒはにやりと笑った。欲の深い人間は分かりやすくていいというわけだ。

「ほほう？　なかなかの野心家だ。単なる側室ではなく寵姫の座が欲しいと言うか」

「我が娘にはそれくらいが相応しいかと……」

「良い、許す。やってみよ。もし見事ヴィスタニア皇帝の要求を退けられたら、褒美をやる。ただし……失敗した時は分かっておるな？　縛り首だ。お前の娘を差し出す代わりに、お前の首をギデオン皇帝にくれてやるから、そう思え？」

「御意」

命をもらうと言っても動揺もしないオーギュストを、ハインリヒは面白がった。

「これはまた随分な自信だ。失敗するとは考えないのか？」

「……必ず成功しますので、無用の心配にございます」

ハインリヒは膝を叩き、豪快に笑った。

「ははは、気に入ったぞ！　そうとも、臣下とはこうあるべきだ！　余のために命すらも喜んで差し出す。こうでなくてはな。お前達もそう思うであろう？　そうだ、ローザ・バークレアを招いた晩餐会には、そちも娘と一緒に参加するといい。余が許可する」

「お待ち下さい、陛下！」

ハインリヒの言葉を遮るように、バアンと謁見の間の扉を開け放ったのは寵姫マリアベルだ。たくさんの兵士、否、荒くれ者達を連れている。マリアベルが悪事を働くために独自に雇い入れた私兵だった。

マリアベルが震える指をオーギュストに突きつける。

「そ、その者は私に無礼を働きました！　騙されてはなりません！」

「無礼？」

ハインリヒが眉をひそめ、マリアベルの指示に従った荒くれ者達がオーギュストを取り囲もうと動いた。オーギュストに反論する隙を与えまいと、殺せとマリアベルの赤い唇が命じる。とにかく葬ってしまおうという腹づもりらしい。

「陛下の御前で、なんと無礼な！　下がりなさい！」

王妃エヴリンが叫ぶも、傍若無人なマリアベルに届くことはない。立ち上がったオーギュストを荒くれ者達が取り囲み、オーギュストの顔に酷薄な笑みが浮かぶ。馬鹿がと、そう言いたげに。

剣を手にした荒くれ者達がオーギュストに襲いかかり……彼らの首が撥ね飛んだのがその直後だ。オーギュストが振るった剣のことごとくが、襲いかかった者達の首を撥ね飛ばす。まるで疾風のよう。首を失った胴体がゆらりと傾ぎ、ドサリと倒れ伏す。一瞬にして謁見の間が血の海だ。

しんっと場が静まり返り、悲鳴は後からやってきた。謁見の間に控えていた侍女達の悲鳴である。マリアベルに至っては顔面蒼白だ。赤い唇はわなわなと震え、言葉を紡ぐことができない。

周囲の騒ぎを沈めるように響いたのがオーギュストの声であった。

「お目汚しをいたしました、陛下。申し訳ございません」

剣の血を払って鞘に戻し、恭しく頭を垂れ、貴族の礼を執った姿はあくまで優雅で美しい。だが、仮面の奥から覗く緑の瞳も微笑む顔も、ゾッとするほど冷ややかである。

「う、うむ……み、見事であった」

ハインリヒはそう答えた。そう言うしかなかったとも言える。ローザ・バークレアを手に入れるにはオーギュストの協力が必要だが、寵姫マリアベルを処罰するわけにもいかない。相手が何事もなかったかのように振る舞うのなら、それが一番である。

ハインリヒは玉座に腰掛けたまま、侍従が用意した酒で乾いた舌をそっと湿らせた。自分が目にした光景に恐怖したと自覚せぬままに、背を向けたオーギュストの姿をハインリヒは見送った。死神を模ったような彼の姿を。

第五話　毒の晩餐会

「陛下が出席する晩餐会への招待状ですの？」

国王夫妻が開く晩餐会に招待されたローザは困惑する。宰相のエクトルから差し出された招待状の封蝋は確かに王家のものだ。もちろん国王であるハインリヒも出席する。

汚名を着せたハインリヒとは顔を合わせないように、父親のドルシア子爵が裏から手を回していたはずである。王家主催の夜会であっても、ローザはこれまで一度としてハインリヒに会ったことがない。なので、これは想定外の事態だと気がついた。

「ええ、そうです。あなた様の情報が陛下に漏れてしまったようで」

「まさか、母の情報が？」

ローザが身を固くすると、エクトルは首を横に振った。

「いえ、そうではありません。あなた様がブリュンヒルデ様と瓜二つだという情報を手にした陛下が、その……ローザ夫人に興味を持たれたようです」

そう言いながら、エクトルはハンカチで何度も額を拭いている。冷や汗をかいているようだ。

陛下はお母様に懸想していた。ということは……

「まさか、わたくしを側室に？」

「ええ、陛下は当然そう考えているでしょう。ですが、ご心配には及びませんぞ、ローザ夫人。私も王妃殿下もローザ夫人の味方ゆえ、あなた様を全力でお守りいたします」

「王妃殿下が？」

ローザは驚いた。王妃エヴリンが宰相であるエクトルの妹だということは知っていたが、まさかハインリヒの伴侶である彼女までが父親の味方だとは思わなかったのだ。

「王妃殿下も父の正体を知っているのですか？」

「ええ……私の妹も当事者ですから。つまり妹のエヴリンもオーギュスト殿下が無実だと知っているのです。それで協力を……」

ローザは納得する。元第一王子のドルシア子爵が冤罪だと知っているのなら、正当な後継者に王冠をと考えてもおかしくはない。

晩餐会当日、ダスティーノ公爵邸に仮面を着けたドルシア子爵が姿を見せ、ローザを驚かせた。

差し出された父親の大きな手をローザは凝視する。

「ローザ、手を……」

「え？」

「私がエスコートする。夫は病欠だ」

ローザは再度驚いた。見れば、確かにドルシア子爵は正装している。豪奢(ごうしゃ)で気品ある装いだ。

「お父様が晩餐会(ばんさんかい)に出席なさるのですか？　ですが……その場にハインリヒ陛下がいらっしゃるんですのよ？　高位貴族の方々と向き合う形になりますわ？」

「大丈夫だ、根回しは済んでいる」

「ちょ、ちょっと待って下さい」

ローザとの会話に、エイドリアンが割り込んだ。

「私が病欠って……どうして？」

「死にたいか？」

ドルシア子爵に問われ、エイドリアンが目を剥(む)いた。

「死にたくありませんよ！　どうして、そう物騒な話になるんですか！」

「ハインリヒがお前を殺す気満々だからだ」

「え……」

ローザもまた驚いた。内心はおくびにも出さないが。

ハインリヒ陛下が旦那様の命を狙っている？　わたくしを側室にと望んでいるので、それに反対するような夫は邪魔ということですの？　本当、質(たち)が悪いですわ。

ローザをエスコートし、歩き出そうとしたドルシア子爵をエイドリアンが再び止めた。

「……私が行きます。行かせて下さい」

仮面の向こうの緑の瞳が険しさを増す。

「邪魔だと言っただろう？」

「ですが、ローザの夫は私です！　どうか行かせて下さい！　待っているだけなんて、嫌なんです。バークレア領地視察の時も同じでした。大人しく領主館で待っていろと……ですが！　今回のこれは夫の役目のはず……お願いします、行かせて下さい。ローザを愛しているんです……ですから、彼女の夫である間はその役目を果たさせて下さい。どうか、どうか……」

愛している……

エイドリアンの必死の懇願に、ローザの心が揺れた。

「お父様、あの……」

「……刺客に襲われたら、これで相手の心臓を突け」

ローザの言葉を遮るようにドルシア子爵が言う。差し出されたのは鞘に収まったナイフだ。ここだと胸を叩かれ、エイドリアンは早くも及び腰だ。

「こ、殺すこと前提ですか！」

「その覚悟がないのなら行くな」

ぴしゃりと言い切られ、エイドリアンは口を閉じる。それだけ危険だということだ。

「分かり、ました」

エイドリアンは震える手でナイフを受け取り、懐へ入れた。

馬車の中はなんとなく空気が重苦しい。

ローザとエイドリアンが隣り合って座り、真向かいにはドルシア子爵だ。もう一台の馬車には護衛のゴールディとレナード、それから侍女のテレサが乗っている。

ローザがエイドリアンにひっそり囁(ささや)いた。

「旦那様、口にするものはわたくしが毒味を――」

「お前は自分の心配だけをしろ」

毒味をしますという言葉を、父親のドルシア子爵に遮(さえぎ)られる。

「料理人の中にも給仕する者の中にも毒味役を入れてある。妙な気を回すな」

じろりと睨まれ、ローザは引き下がった。

本当にお父様は根回しがよろしいですこと。この分だと、国王夫妻主催の晩餐会(ばんさんかい)でも、こちらの味方はかなりいますわね。それにしても空気が重いですわ。何か他の話題を……

ちらりと前を見ると、正装した父親の姿が目に映る。重厚な雰囲気がいつもより華やかだ。

――ははは、愛しているというメッセージですな。

十一本の白薔薇を贈ると言われた時のエクトルの言葉をふと思い出し、そわそわと落ち着かない。

愛している……本当に？

仮面の下の表情はよく分からない。身にまとう空気は鋭利で重々しい。

「お父様、礼服がとてもお似合っておりますわ」

ローザがそう言って父親を褒めた。これはローザの掛け値なしの本音である。仮面を着けていても、口元を見れば端整な顔立ちだと想像できるし、所作も洗練されていて優美だ。その父親がこうして豪奢な礼服を身に着けると、途端、華やかになる。怒らせなければ、身にまとう冷たい空気も独特な魅力に感じられるだろう。ローザは微笑んだ。

「こんな風に正装したお父様を初めて見ました。いつも仕事仕事で、貴族の集まりに顔を出したことはないでしょう？　なので、そういった格好は珍しいです。素敵ですわ」

「ふ、そうか……」

ドルシア子爵のそれは、どちらかと言えば苦笑である。あら、嬉しくない？　褒めたのは失敗だったかとローザは思うも、次の言葉で父親の心情を理解した。

「お前の社交デビューくらい手伝ってやりたかったが、残念だ」

仮面を着けていても、親しい者には気づかれる可能性が高い。エクトルやギデオンのように。恐らく、あの時点では危険を冒せなかったのだろうと、ローザは推測する。

あの時は、お父様がまさか冤罪で処刑された元第一王子だなんて思いもしませんでしたもの。せっかくの晴れ舞台なのにエスコートを部下に任せて冷たい、そう思いましたけれど、違ったんですのね。お父様はわたくしと一緒に社交デビューを祝いたかった……

ローザは横手に座るエイドリアンに目を向けた。彼に対する思いもまた複雑である。

「恋情と同情はどうすれば区別がつくのでしょうね？」

そう、これが一番の悩みどころだ。エイドリアンは可愛い。けれど、可愛いと思うのがめそめそ泣く彼の姿なのだから、同情かもしれないと思ってしまうのも不思議はない。

ローザの独り言のはずが、答えが返ってきた。

「……相手が自分以外の者と結婚した姿を思い浮かべれば一発だろう？」

ドルシア子爵の言葉にローザは目を見張った。旦那様が他の女性と結婚？

「そ、それは嫌ですわ！」

ローザは思わずそう叫んでしまい、はっと口元を押さえる。

あら？　でも、以前は平気でしたのに。

そう、確かに平気だった。当初はなんとも思わなかった。むしろ他の女性に押しつけたい、そう思っていたはずなのに……どうして？

ローザが悶々としていると、ドルシア子爵の声が耳に滑り込む。

「……思い描いた相手は誰だ？」

仮面の奥の眼差しがいつになく鋭くて、ローザの心臓がどきりと跳ね上がった。

「いえ、その、喩えですわ、喩えですわよ、お父様」

ローザはほほほと笑ってはぐらかす。

いずれ女王となる自分の相手を、父親は惚れた腫れたで判断などしないだろう。王配に相応しいかどうかで判断するはず……ローザは胸の内をそっと誤魔化した。

――私に王配が務まると思うか？

エイドリアンはかつてローザにそう尋ねた。けれど、これぱかりはやはりなんとも言えない。父親に認められるか認められないかが全てである。

……旦那様、がんばって下さいまし。

それしか言えない自分がもどかしい。

ハインリヒはブリュンヒルデに瓜二つのローザの美貌を見て、度肝を抜かれた。ぽかんと口を開けてしまう。ここまで似ているとは思わなかったのだ。そして、それは実のところ、初めてローザを目にした王妃エヴリンも同じであった。ブリュンヒルデ様……そう呟きそうになったほど、ローザは母親に瓜二つである。艶やかな金の髪はまさに黄金色。微笑む姿は神秘的で美しい。

ハインリヒはもとより、招かれた貴族達もまた、輝くようなその美貌に視線が釘付けだ。ほうっとため息がそこここから漏れ、流石夜会の薔薇と称されるだけはある、そんな賞賛の声が上がった。

ローザが楚々と進み出て、淑女の礼をする。

「国王陛下、王妃殿下、お目にかかれて光栄ですわ。わたくしはバークレア伯爵の妻、ローザ・バークレアと申します。此度はかように素晴らしい晩餐の場にお招きいただき、ありがとうございました」

ローザに微笑まれ、そこでようやくハインリヒははっと我に返る。挨拶もそこそこに、ハインリヒはローザの手を取った。

「これは噂以上だ。ドルシア子爵が寵姫にと押したがるわけだ。いや、それ以外の地位など考えられぬ。ささ、今宵は余の隣に座るが良い」

王妃の弟で近衛兵のフェインが耳打ちする。

「……陛下。陛下の右隣はマリアベル様のお席ですが……」

国王の左隣が王妃、右隣が寵姫の席と決まっている。

「良い。マリアベルの席にローザを着かせろ。マリアベルがごねるようなら部屋に下がらせる」

「御意」

フェインが頭を下げた。そうして始まった晩餐会は、はなから険悪ムードであった。自分の席を奪われた寵姫マリアベルが、当然のように癇癪を起こしたからだ。

「陛下の隣は私でしょう?」

「今日は別だ。文句があるのなら部屋に下がれ」

ハインリヒに冷たくそう言われ、言葉に詰まったマリアベルがローザを憎々しげに睨む。そして嫌がらせのようにローザの夫であるエイドリアンの隣に座った。

そうしてなんとか進み始めた晩餐会だったが、食事の途中でマリアベルにテーブルの下で下半身をまさぐられたエイドリアンは、勢い立ち上がってしまう。

「ちょ、何を!」

「……座れ」

ドルシア子爵に叱責され、エイドリアンは再び腰掛ける。出席者達の視線が集まっていて痛い。

「マリアベル様が、その……」

ひそひそエイドリアンが囁くと、ドルシア子爵の冷たい声が告げた。

「嫌なら指を折れ」

「……はい？」

「関節の反対側に捻れば簡単だ」

さもなんでもないことのように言われ、エイドリアンは目を剥く。

「で、できませんよ！」

「なら我慢しろ。顔に出すな。態度に出すな。いちいち言わせるんじゃない」

じろりと睨まれ、エイドリアンは口を閉じた。

ふと見ると、ローザと話しているハインリヒは随分と楽しそうだ。どうやらハインリヒのご機嫌取りに成功したようである。流石夜会の薔薇、といったところか。

マリアベルもその様子を目にすると、ふんっと鼻を鳴らし、エイドリアンに耳打ちした。

「ねぇ、あんたさ……自分の妻を寝取られてもなんとも思わないわけ？」

「……そんなわけありません」

エイドリアンがもそもそと言う。そう、今だって気が気ではない。

マリアベルがけしかけた。

「だったら、取り返しなさいよ。陛下に進言して、あの女をさっさと連れ帰って」

「できるなら……」

「できるならじゃないわよ！　あんた、玉ついてるの？　さっさと……」

しなさいと言い切る前に、エイドリアンが持っていた杯が落下し、マリアベルの白いドレスに赤いシミを作った。誰かに、パシッと腕を叩かれたような感じである。もしかしてドルシア子爵の仕業か？　エイドリアンはそう勘繰るも、そんなことに気を回す余裕などない。マリアベルが怒り心頭、食ってかかってきたからだ。

「ちょっとあんた、何すんのよ！」

……アーロン・ハーベイからの贈り物を台無しにして申し訳ありません、と言え。

「え？」

耳にしたのは確かにドルシア子爵の声だった。エイドリアンは横手からの囁きに驚き目を向けるも、ドルシア子爵は素知らぬ顔だ。黙々と食事をしつつ、「ショールだ」と告げた。

ショールがアーロン・ハーベイからの贈り物？　大事なものだから誠心誠意謝れってことか？

「あ、その……アーロン・ハーベイからの贈り物を台無しにして、申し訳ありませんでした」

しかし、エイドリアンの謝罪を受け、寵姫マリアベルの顔色がさっと変わる。

「あんた、なんで……」

「そのショールは彼からの贈り物、ですよね？」

「ああ、もういいわ！　胸焼けがするから食事は中止よ！」

そう言って、マリアベルは食事の場を退出する。エイドリアンはぽかんとした。何故、彼女がいきなり引いたのか分からなかったからだ。

「あのう……アーロン・ハーベイって？」

誰ですか？　とエイドリアンが問うと、ドルシア子爵がふっと笑う。

「彼女の情夫だ」

「じょ……」

エイドリアンは目を剥いた。

「だ、大丈夫なんですか？　陛下以外となんて……」

「もちろん首が飛ぶ。だから慌てて退出したんだ」

ドルシア子爵が口角を上げ、うわあとエイドリアンは思う。先程の台詞は、謝罪と見せかけた脅しだったわけだ。そこへ、ハインリヒがゴブレットを掲げ、声も高らかに宣言した。

「明日は狩りへ行くぞ！　ローザに余の狩りの腕前を見せてやろう！」

どうやら、狩猟の腕前をローザに自慢したくなったらしい。

「明日でございますか？　ですが陛下、あいにく狩猟館の準備がまだ――」

「余が行くと言っておるのだ。即行準備をさせよ！　不備があれば首を刎ねてやる！」

「しょ、承知いたしました！」

侍従が深く頭を下げ、その場を辞した。ハインリヒはねちりとした笑みを浮かべ、ローザの手を取りそこに口づける。

「美しいローザ。今宵は城に泊まるがいい。そちの巧みな話術で余を楽しませてくれ」

ローザがゆるりと笑う。その微笑みは妖艶で美しい。

「まぁ、光栄ですわ、陛下。ですが、主人の許しがありませんと……」

「バークレア伯爵。一晩、そちの妻を話し相手にしたい。反対はすまいな？」

「な！」

話し相手にと王の部屋に呼ばれる意味は、夜の相手を務めるということに他ならない。

「お、お待ち下さい、陛下！　ローザは私の妻――ぐっ！」

反対しかけたエイドリアンだったが、どかっとテーブルの下で足を蹴られ、いや、ドルシア子爵の杖で殴られ、悲鳴を呑み込むのがやっとであった。骨が折れなかったのが奇跡なほど痛い。

「〜〜〜〜っ！」

エイドリアンはうずくまって涙目だ。

ドルシア子爵が代わって答える。

「ははは、そのような栄誉を断る者はいないでしょう。ですが、ヴィスタニア帝国ギデオン皇帝陛下もローザに目を付けております。皇帝陛下が納得するまでは慎重に行動いたしませんと、交渉の前に交渉の余地なしとなるやもしれません。どうか、あとふた月ほどご辛抱を……」

ハインリヒの目は剣呑だ。

「それをなんとかするのがそちの役目ぞ？」

「今宵も皇帝陛下が王城に滞在しているのでしょう？　さて、皇帝陛下がこのまま黙っているかどうか……彼が行動を起こすと厄介です。ヴィスタニア帝国と戦争をするか、建国記念祭までお待ちいただくか、どちらかお選び下さい」

「口の減らぬ奴め」

ハインリヒがチッと舌打ちをし、ドルシア子爵がうっすらと笑う。

「陛下は金塊はお好きですか？」

「もちろん。嫌いな奴などおらぬわ」

「なら、そちらの大皿に載るだけの金塊を差し上げましょう。陛下の機嫌を損ねたお詫びに」

ざわりと周囲が揺れる。ドルシア子爵が指し示した皿は果物が山ほど載せられた大皿だ。それと同じだけの金塊を差し出すと言う。ほんの数日前に差し出した献上品だけでも度肝を抜かれたというのに、一体どれほどの財力があるというのか……。沈黙を破ったのはハインリヒの笑い声だ。

「はははははははは！　気に入った、気に入ったぞ！　余の機嫌の取り方が抜群に上手い！　ようし、そちの粋（いき）な計らいに免じてローザの件は全面的にそちに任せよう！　ははは、楽しみだ！」

本当に上機嫌だ。最高の酒を招待客達に振る舞えと、大盤振る舞いである。エイドリアンはドルシア子爵の手腕に舌を巻く思いだった。仮面を着けたドルシア子爵の横顔をそっと盗み見るも、その表情からは何も読み取れない。彼の場合、どんな思考や感情も笑顔の奥に押し込めてしまえるのだろう。

深夜の王城は、静かだった。

明日、狩猟館に移動するため、エイドリアンはローザと共に王城の客室に留め置かれた。乗馬は得意だが弓だの剣だのは扱ったことがない、エイドリアンが王室の侍従にそう言うと、なら獲物を追うだけでいいと返され、今に至る。できればローザと一緒に下城したかったのだが、それが叶わず、どうしたってため息だ。

「ローザ、起きてるか？」

「ええ、どうかなさいましたか？」

ベッドの中でローザが答える。彼女が動くと衣擦(きぬず)れの音と薔薇の香りがする。

「手を握っても？」

「ええ、よろしいですわ。ふふっ、子供みたいですわね、旦那様。眠れませんの？」

そうだな、眠れない……

「ローザ、愛している」

「どうしましたの、いきなり」

「ん……出会った当初は、君のような女性は苦手だったんだ」

当時の思いを告白すると、ローザが暗闇の中で苦笑したような気がした。

「セシル嬢のような女性が好みでしたものね？」

「そう、セシルのような女性は自分を変えなくていいから楽だった。貴族としての立ち振る舞いは苦手だったし、学ばなくてもなんとかなると考えていたから、ほんっと駄目駄目で。けれど、そんな自分でも好いてくれる女性だったから、可愛いと思ったし、一緒にいて心地よかったんだ」

ああ、そうだ。今なら分かる。どうしてセシルのような女性を好きになったのか。貴族としての立ち振る舞いを強いられないような、貴族らしくない子を無意識に選んでいたんだ。今のままの自分でいられる女性をと……。変わらないでいられる相手を求めていた。居心地のいい場所から離れたくなかった。貴族の責務なんて考えたくもない。だから、今のままの自分でいられそうな相手を欲した。

なんて甘い考えなのだろう。

その結果どうなるかなんて、あの頃の自分は考えもしなかった。家が潰れる寸前であっても気がつかないほど、鈍感で愚かだった。あのままでいればきっと、何もかも失っただろう。あの無邪気なセシルでさえも、あの時の自分と結婚していれば、きっと愛想を尽かしたはず。没落した貴族なんて自活能力もなく、平民より悲惨な末路だ。

「でしたら、わたくしが相手では居心地が悪かったでしょうに」

びしばし扱きましたから、とローザがくすくすと笑う。

「そうだね、最高に居心地が悪かった。何度恥ずかしいと思ったか分からないよ。でも、明るく笑う君の笑顔が好きでたまらなかったな」

出会った当初を懐かしく思い出し、エイドリアンは目を細めた。

そう、ローザといると元気になれる。どれだけ落ち込んでいても明るい未来を感じさせてくれる。ローザはそんな不思議な女性だ。美しく雄々しく、そして優しい。

恋したことは何度もあったけれど、多分、本気で愛したのはきっと君だけ。優しく強い君に惹かれた。だからがんばったんだ。がんばったけれど……

「あら、そうですの？」

「そう、元気になれるんだ、不思議と……」

そっと暗闇の中、ローザの碧い瞳に目を向ける。

「君の笑顔一つで、がんばろうと思える。どうしてかな。いつの間にか君の姿を目で追っていて、君に認められたいと思うようになった。苦手なのに惹かれるんだ。どうしようもなく……だから、楽をしたいっていう思いが努力をしたいに変わって、心地いい関係から、切磋琢磨し合う関係になりたいと思うようになった」

ロ－ザが顔をほころばせた。

「立派ですわ、旦那様」

「全然立派じゃない。ドルシア子爵には認められなかった」

泣き言を言うつもりはなかったんだけれど、愚痴（ぐち）がつい口をついて出た。涙が一つ二つとこぼれ落ちる。

君と一緒に生きたい。愛しているんだ。君を失いたくない。けれど、最終宣告は下されている。私では駄目だと、ドルシア子爵にはっきり告げられた。

ローザが優しく諭す。

「まだ離縁しておりませんわ？」

そうだね、まだ……

ローザの手を握る手に力を込める。

――私を超えられるか？

無理だ。ドルシア子爵が自分に向ける瞳に体がすくんだ。彼は王だ。王の中の王。その彼に諦めろと言われて……涙を呑んだ。けれど、未だに思う。君と共に生きたいと。君に必要だと言われたなら至福だろう。

「お休みのキスをねだってもいいかな？」

「ウォレンのようですわね、旦那様？」

ローザは笑ったけれど、唇にそっとキスをしてくれた。ローザ、愛している。口の動きだけでそう告げ、エイドリアンは目を閉じた。

「わたくしも今の旦那様は好ましく思っておりますわ？」

暗闇の中、ローザがぽつりと呟く。

「当初はこれっぽっちも好意を持てませんでしたけれど。だって、旦那様は世間知らずもいいところで、なんにもできない甘ったれの顔だけ男でしたものね？　それが、こうして努力して、領主としての働きをきちんとこなせるようになったんですもの。立派ですわ」

すぅすぅと眠るエイドリアンを眺め、ほわほわの髪をさらりと撫(な)でる。

――ローザ、愛している。

わたくし、わたくしは？

「素直で明け透けで、みっともなくめそめそ泣く旦那様は可愛くて仕方がありません。ついつい助けてしまいたくなってしまいます……これは恋でしょうか？」

完全な独り言だ。誰も答えてくれる人はいない。ローザはエイドリアンに握られた手に視線を落とし、くすぐったそうに微笑んだ。おやすみなさいと今一度接吻し、目を閉じる。

翌日は多くの騎士や侍女侍従が城内を行ったり来たりし、てんやわんやだ。なにせ国王の遠出である。持っていく荷物も警備も半端ない。

「ご機嫌よう、ローザ夫人」

ハインリヒの見送りに来た王妃エヴリンがローザに声をかけた。ブルネットの髪をアップにした知的な美人である。身に着けている衣装はシンプルで上品だ。

「ご機嫌よう、王妃殿下」

ローザがドレスの裾を持ち上げて淑女の礼をすると、すっとエヴリンが身を寄せた。

「あなたを陛下の寵姫にはさせないわ。だから、安心してちょうだい？」

そう囁かれて、ローザははっとする。目を向けたエヴリンの微笑みは変わらない。なのに、その眼差しは寂しげだ。昔を懐かしんでいるようにも見えた。

「ありがとうございます、王妃殿下」

ローザが微笑み返すと、エヴリンの瞳が揺れる。その意味を測りかね、つい見つめ合う形になっていたところへ、ドルシア子爵が割って入った。

「……ローザ、馬車に乗るんだ」

「はい、お父様」

ローザが去り際にちらりと父親に視線を走らせると、ドルシア子爵の唇の動きが王妃に「近づくな」と告げたように見えた。ローザは意外に思う。王妃は乳兄弟であるエクトルの妹で、協力者だ。なのに近づくなとはどういうことだろう？

馬車にはドルシア子爵とエイドリアンが同乗した。馬車にガタゴト揺られつつ、ローザは先程感じた疑問を口にする。

「お父様」

「なんだ？」

「先程、王妃殿下に近づくなとおっしゃったように見えましたけれど……」

ドルシア子爵の返答は素っ気ない。

「ああ、言葉通りだ。ローザに近づいてほしくない」

「何故？」

「気にしなくていい。単なる私情だ」

私情……もしかして、お父様は王妃殿下を嫌っていらっしゃいますの？

ローザはそう思うも、仮面を着けた父親の顔からはなんの感情もうかがえない。相変わらずの無表情と静寂である。そこへエイドリアンが口を出した。

「前に王妃殿下と何かありましたか？」

ローザはぴしりと空気に亀裂が入ったような気がした。全く空気を読まない男である。普通は聞かない。というか聞けない。答える父親の声が一段と低くなったような気がした。

「王妃を憎んでいると、そう言えば気が済むのか？」

「え！　あ、いや、そ、それは！」

エイドリアンが慌てふためき、ローザは額に手を当てる。

ああ、旦那様！　ほんっとうにどうしてこう父の地雷をガンガン踏み抜けるんですの？

ローザにはこれはできなかった。聞いてほしくないという父親の雰囲気を事前に察知してしまうからである。仮面の向こうの瞳がじろりとエイドリアンを睨みつける。

「実情を知りたいのなら王妃に聞け。できるのならな」

ドルシア子爵にそう吐き捨てられ、エイドリアンは身を縮めた。そんな真似をすれば、不敬罪で罰せられる可能性が高い。エイドリアンは「申し訳ありません」と蚊の鳴くような声で謝った。その姿を見て、「勇者ですわね、旦那様」とローザはひっそり思う。怖い物知らずもいいところだ。

けれどもローザは後々知ることになる。

エイドリアンのこの警戒心のなさは、人の神経を逆撫(さかな)でする時もあるが、人の心を癒(いや)す場合もあるということを。危険を察知する力は、世界や人に対する警戒心の表れだ。けれど、その警戒心が弱いということは、裏を返せば、それだけ世界や人を信じる力が強いということに他ならない。だからこそ大丈夫と安心し、つい油断してしまう。長所と短所は常に表裏一体である。

一行は狩猟館へ半日ほどかけて移動し、狩りの決行日は快晴だった。けれど、狩りは男性が行うものなので、当然のようにローザは除外されている。なので、狩猟館まで同行した貴婦人達とローザはこうしてお茶会である。

「……わたくしも狩りに参加したかったですわ」

晴天の空の下、クッキーをつまみながらローザはそうこぼす。待っているだけなんて嫌だと言ったエイドリアンの気持ちが、今は少し分かる気がした。狩場で何が起こっても、今の自分は狩りに参加したエイドリアンとドルシア子爵が帰ってくるのを大人しく待つ以外に手はない。

「あら、ローザ夫人は狩りができるんですの？」

「ええ。おままごと程度ですけれど」

貴婦人にそう問われ、ほほほとローザがおしとやかに笑う。

午後になると天気が崩れ、ぽつぽつと雨が降り出し、庭でのお茶会は中止となった。後片付けを城の侍女達に任せ、ローザが侍女のテレサを連れて狩猟館に戻ると、寵姫マリアベルが声をかけてきた。

「あんたの旦那、無事に帰ってくるといいわね？　ほら、狩りで事故は付き物でしょう？」

マリアベルがそう言ってくすくすと笑う。含みのある言い方だ。

「ご機嫌よう、マリアベル様」

ローザが愛想良く笑って挨拶をするも、マリアベルの目は剣呑なままだ。

「生意気よ、あんた。たかが子爵家の娘のくせに。本気で陛下の寵姫になるつもりなの？」

「……わたくしに断る権利はございませんので」

「ものは言いようね」

じろじろとローザを睨めつけるマリアベルの視線は不躾だ。

「ね、あんたの父親、あれ、なんなの？」

「どういう意味でございましょう？」

「ドルシア子爵は、この私に無礼を働いたわ」

「それは申し訳ございません」

「とっちめてやろうとしたら手下を返り討ちにされて、全員首なし死体よ」

ローザは内心目を見張る。

あらまぁ……父に斬りかかったんですの？　それはご愁傷様です。無謀も良いところですわね。

「なのに陛下は見事の一言で終わり。お咎めなしよ。ほんっとどうなっているのよ」

忌々しげにマリアベルが吐き捨てる。

恐らく、側室の件で父の力が必要だからでしょうね。

ローザはそう判断する。でなければ、癇癪持ちのあのハインリヒ陛下が無礼を見逃すはずがない。

きっとその場で処刑を言い渡していただろう。

「それは陛下に直接尋ねた方がよろしいかと……」

「あんた、付き合いなさい」

「マリアベル様、どちらへ？」

歩き出した赤毛の美女マリアベルの背に向かって、ローザが問いかける。が、返事はなかった。

ろくな用事ではないだろうと思いつつも、ローザが彼女の後について歩くと、侍女のテレサもまた音もなく付き従う。

連れてこられたマリアベルの部屋は意外にも落ち着いた雰囲気で、暖炉には火が焚かれていて暖かかった。テーブル越しに向かい合って座るとお茶を用意されたが、ローザが手を付けることはない。

「飲まないの？」

「ご用件をお願いいたしますわ、マリアベル様」

ローザがにっこりと笑う。毒物の有無を判別できるとはいえ、できるなら口を付けたくない。マリアベルの悪行は有名である。何が入れられているか分かったものではない。

「まぁ、いいわ」

興味もなさそうに、マリアベルはパチンと扇を閉じた。それが合図であったかのように、部屋の隅にいた護衛らしき男達が動く。いや、どちらかと言えば、ごろつき、といった風体であろうか。暴漢達に取り囲まれ、侍女のテレサが表情を変えたが、ローザの微笑みは変わらない。

「マリアベル様、これは一体どういうことでしょう？」

「……あんたの顔が気に入らないの。だから、ね。ちょこっと火傷してもらおうと思って」

暴漢が手にしているのはたった今まで暖炉の火であぶっていた焼きごてである。マリアベルはそちらをちらりと見た。

「左様でございますか。けれど、流石のマリアベル様でも、今回の所業が陛下にバレればただでは済まないと思うのですけれど」

「あっ、はは！　大丈夫よ！　あんたの顔を焼けば、陛下はあんたに興味をなくすわ。ゴミのように捨てられて終わりよ。陛下はね、醜い女は大っ嫌いなの。あんたに価値がなくなれば、私に無礼を働いたあの男――ドルシア子爵も処罰できるってことよ。一石二鳥ね」

マリアベルがにんまりと笑う。焼きごてを手にした男がローザの肩を掴もうと手を伸ばすのと、テレサが男に蹴りを放つのはほぼ同時であった。

「はぁ！」

「ぐっ！」

腹に一撃を喰らった男が体をくの字に曲げ、さらにテレサの拳がその顔に突き刺さる。男はもんどりうって床に転がり、その様子を唖然として見ていたマリアベルがいきり立つ。

「何をやっているのよ！」

「マリアベル様、斬られる覚悟のない者は剣を持つなという教えをご存じ？」

怪訝（けげん）そうな表情を浮かべたマリアベルに、立ち上がったローザが再度微笑みかける。

「つまり、こういうことですわ！」

襲いかかってきた男達に、ローザが手にした扇が次々と突き刺さった。首、頭部、腹、背に重い一撃を叩き込み、あっという間に暴漢どもを叩きのめしてしまう。鉄を仕込んだ扇に、父親譲りの怪力である。たまったものではなかったろう。

暴漢が落とした焼きごてを拾ったローザは、それをマリアベルの眼前に突きつけ、にっこりと笑った。

「ひっ！」

なんとも鮮やかな手並みである。侍女のテレサが「お見事です奥様」と満足げに呟いた。

「わたくしの顔ではなく、ご自分の顔が焼かれるお覚悟は？」

「ま、待って、待ちなさい！」

マリアベルが金切り声を上げる。

「私に手を出したら陛下が……」

「あら、そうでしょうか？　顔が焼けたら陛下は興味を失うのではありませんか？　ゴミのように捨てられて終わり、マリアベル様が先程、そうおっしゃいましたけれど？」

艶（あで）やかすぎるローザの微笑みが、恐怖をかき立てる。

「あ……こ、こんなところで油を売っていていいのかしら？」

唇を震わせるマリアベルが思い出したように言い、嘲るような笑みを浮かべた。

「ず、随分（ずいぶん）と余裕ね！　バークレア伯爵が命を狙われているというのに！　陛下はね、焼き餅焼きよ！　自分のお気に入りに手を出す男は全て処分されるの！　分かる？　狩猟なんて、命を奪う絶好の場じゃない！　きっと今頃は……」

にやりとマリアベルが笑うも、ローザが動じることはない。なにせ、父親のドルシア子爵が一緒なのだから。心配するだけ無駄である。むしろ刺客にご愁傷様（しゅうしょうさま）と言ってやりたかった。そこへノックの音が響く。

「マリアベル様？　陛下がお戻りになられましたがいかがいたしましょう？」

「助けて！」

とっさにマリアベルが叫び、同時にローザも手にしていた焼きごてを放り出す。マリアベルの叫びを聞き取った従者が急ぎドアを開け、しかし状況を理解できずに息を呑んだ。床には叩きのめされた暴漢達が転がっていて、その中心にローザがいる。

「あ、の？」

マリアベルが棒立ちの従者に駆け寄りすがりついた。

「あ、あの凶暴女が私に乱暴しようとしたのよ！」

「逆ですわ。マリアベル様がわたくしに乱暴なさったのではありませんか」

ローザの凛とした声に、マリアベルがいきり立つ。

「この嘘つき女！　陛下に言いつけてやる！」

息巻いたマリアベルが従者を伴ってその場を離れた。その背中を眺めつつ、テレサが問う。

「奥様、今回の件、いかがなさいますか？」

「そうね……」

相手はなんと言っても寵姫マリアベルだ。陛下のお気に入りである。やられたことを訴えても、揉み消される可能性が高い。ならば……ローザはちらりとテレサに視線を送る。

「今回は女の武器を使いましょうか？」

そう言ってローザはにっこりと笑い、テレサを伴って動き出す。雷雨はますます激しくなってきていて、ハインリヒを迎えに行った侍女侍従はてんやわんやだ。参加者全員びしょ濡れらしい。

「陛下、お帰りなさいませ。あいにくの天気で残念でございました」

ローザが愛想良く笑うと、ハインリヒは頬骨の浮いた顔をほころばせた。

「おう！　可愛い、ローザ。見てみよ！　そちのために鹿を仕留めてきたぞ！」

雨に打たれながらもハインリヒは獲物を仕留めたことで上機嫌だ。部下が運んできた鹿に目を向け、ローザも艶やかに笑う。

「まぁ！　陛下は見事な狩猟の腕をお持ちですのね。素晴らしいですわ」

「ははは、これくらい大したことはない」

二人の会話にマリアベルが割って入る。

「陛下、この女は私に無礼を働きました。どうか処罰して下さいませ！」

「無礼？　どのような？」

ローザが愁いを含んだ女の顔を作って目を伏せ、楚々と言った。

「陛下、お許し下さい。どうやらわたくし、マリアベル様の不興を買ってしまったようですの。それで顔に火傷を負わされそうになりまして、わたくし怖くて怖くて……」

ローザの碧い瞳からはらりと涙が一粒こぼれ落ちる。なんとも美しい涙だ。誰もが見惚れてしまいそうなほど。ローザの涙混じりの訴えに、ハインリヒの顔が曇る。

「顔に火傷だと？」

焦ったマリアベルが声を張り上げた。

「う、嘘よ、陛下！　あの女の戯れ言に騙されないで！」

「ああ、申し訳ありません、陛下。わたくしが至らないばかりに、かような事態に……ですが、どうかお願いいたします。今後もわたくしが敬愛する陛下のお傍にいられるよう、取り計らって下さいませ……」

「ち、違うわ！　デタラメよ！　火傷を負わされそうになったのは私の方なんだから！　じゅ、従者だって見ているわ！」

先程迎えに来た従者にマリアベルが震える指を突きつければ、ハインリヒが彼に目を向ける。

「真か？」

そう問われ、従者が目に見えて狼狽えた。

「あ、いえ、そのう……乱闘があったことは確かですが、経緯までは……こう、マリアベル様の護衛達が全員倒れておりまして、状況がよく分かりません。ローザ様が彼らを叩きのめしたとも思えませんし、別の第三者がいたのではないかと思われます」

三者三様で意見が食い違う。ハインリヒは難しい顔で顎髭を撫でた。

「ふむ……まぁ、良い。此度の件、ローザが仕出かしたというのなら大目に見よう」

ハインリヒの言葉にマリアベルが目を剥いた。

「陛下！」

「だが、逆であった場合、余はそちを許さん。ローザは余の寵姫となる女ぞ？　そのローザに手を上げるなどもってのほか。謹慎を言い渡す。城へ真っ直ぐ帰るがいい。そこでしばらく大人しくしておれ。もし言いつけを破れば、分かっておるな？」

ぎろりとハインリヒに睨みつけられ、マリアベルは顔面蒼白だ。ハインリヒの視線が外れると、今まで一度として処罰の対象となったことのないマリアベルは悔しげにキリリと唇を噛んだ。だが、どうしようもない。従者に連れられるようにしてその場から姿を消した。

その後、獲物を仕留めて上機嫌のハインリヒが狩りの参加者達と姿を消すと、ローザは集団の最後尾にいたドルシア子爵とエイドリアンに近寄った。どちらもびしょ濡れである。

「お父様、何もございませんでしたか？」

「……表面上はな」

ローザの問いにドルシア子爵が答え、黒髪からしたたり落ちる水を手で払った。

「バークレア伯爵の馬具に細工をされていた。それくらいか……」

ドルシア子爵の呟きに、エイドリアンはぎょっとしたようだ。

「それくらいって！　も、もしかして私は落馬する危険があったということですか？」

「そうだ。だから馬を取り替えさせたろう？」

「あ、それで！」

エイドリアンが言うには、出発前に隣の騎士の馬と取り替えるようドルシア子爵に指示されたらしい。自分の馬の方が良い馬なのにと、馬を見る目はあったエイドリアンはそう思ったようだが、素直な性格が幸いしたようだ。ドルシア子爵の指示に従ったお陰で、事なきを得たようである。

「なんにしても無事でようございました」

ローザがにっこりと笑う。やはり予想通りだと思いつつ。

「ローザ、お前の方は？」

ドルシア子爵がローザに問う。

あら、心配して下さるんですの？

ほんの少しくすぐったい。ローザがマリアベルとのやりとりを口にすると、エイドリアンは目を剥いた。

「か、顔を焼く？　それは酷い」

「……そうだな。ローザの身に危険が迫っていることを理由に、ハインリヒから王都に帰る許可をもらうとしよう」

このままだと延々ハインリヒの傍に留め置かれると言う。ドルシア子爵に一任すると言ったにもかかわらず、ハインリヒはローザを手放そうとしない。

「で、できるんですか？」

エイドリアンが不安がるが、仮面の奥の瞳にじろりと睨まれた。

「いちいちできるできないを問題にするな。何がなんでもやるんだ、分かったな？」

ドルシア子爵はそう告げ、背を向けた。ローザはつい頷いてしまう。

ええ、お父様はいつでもそうですわね。できようができまいが、何がなんでもやれ、そう命令して尻込みすることを許しません。結局、部下はひぃひぃ言いながらも成し遂げてしまう。お父様の気迫に誰も逆らえませんものね？　まるで背水の陣ですわ。

「旦那様」

「なんだ？」

立ち去る父親の背を眺めながらローザが問う。

「父は狩りをしましたか？」

「え？　いや、全然。ずっと遠くからこちらを見ているだけだった。ドルシア子爵は狩りが苦手なのか？」

エイドリアンの問いに、ローザは苦笑した。

ふふっ、まさか。父は弓の名手でもあります。狩りをしなかった理由は、恐らく刺客を警戒していたからでしょうね。表面上は何もなかった。表面上は……。ということは、何も起こらないようにして下さっていたということでしょう。

ふと、エイドリアンが思い出したように言う。

「そういえば……ドルシア子爵は二度ほど、獲物とは違う方向に弓を打ったな。あれは？」

不思議そうなエイドリアンを見つつ、ローザは思案する。

獲物を狙ったわけではないのなら、旦那様を狙った刺客を牽制、あるいは始末したのかもしれませんわね。となると、やはり長々ハインリヒ陛下の傍に居座るのは愚の骨頂。なんとしても王都に帰る許可をいただかないと……

「旦那様、お疲れでしょう？　温かいお茶を用意させますわ」

ローザはそう言ってにっこり笑い、移動を促した。

その日の晩餐の場で、エイドリアンは度肝を抜かれた。ローザが血を吐いて倒れたのだ。贅をこらした煌びやかな晩餐の場が、一転悪夢に早変わりである。貴婦人達の悲鳴が響き、エイドリアンの心臓がどくんと嫌な音を立てた。

「ローザ！」

まさか、毒？

エイドリアンから血の気が引いた。ローザのところへ駆け寄り、倒れたローザを抱き上げるも意識がない。何故？　どうしてだ？　狙われているのは自分のはずでは？　そんな思いがぐるぐる回り、どくどくと心臓が早鐘を打つ。

エイドリアンはローザにワインを振る舞った侍従を睨みつけた。彼もまたワイン瓶を手に顔面蒼白である。

「お前か？　お前がローザに毒を？」

「ち、違います、私は何も……」

エイドリアンの指摘で、侍従は怯えたように一歩、二歩と下がった。

やがてくるりと背を向けて逃げようとしたものの、その背にエイドリアンが飛びかかる。揉み合いになった際、侍従の服から小瓶が転がり出た。すかさずドルシア子爵がそれを手に取って臭いを嗅ぎ、「毒だ」と断定する。ドルシア子爵が毒の小瓶を掲げると、周囲にどよめきが走り、かあっとエイドリアンの頭に血が上った。

よくも、ローザを！

エイドリアンは馬乗りになったまま侍従を何度も殴りつける。手が痛くて仕方がない。ひいひい言いそうになるがやめなかった。

と、侍従にナイフを突きつけられそうになり、今度はとっさに頭突きをかます。

——旦那様、反撃する時はこうするといいですわ！

ローザの護身術が妙なところで役に立ったが、自分がこうむる衝撃までは予想できずに、侍従と一緒にエイドリアンもまたうずくまる羽目となった。

いだだだだ、目の中に星が……喧嘩慣れしてる奴って、いっつもこんな風なのか？

額を押さえつつ、エイドリアンが目に涙をにじませて怒鳴る。

「無実だと言うのなら、何故逃げる！」

侍従はギラついた目で叫んだ。

「煩(うるさ)い！　私が毒を盛ろうとしたのはお前だ！　断じて彼女に毒を盛ったりなどしていない！」

「……は？」

エイドリアンは仰天する。

狙ったのは私？

「そもそも！　狩りの時に始末できていれば、こんなことにはならなかったんだ！　途中から雨が降って予定が狂って……、悪運の強い奴め！　馬具に細工をしても馬を取り替えて落馬を免(まぬか)れるし！　弓で狙えば今度はその矢を二度も叩き落とされる！　なんなのだ、あれは！」

怒りで頭に血が上った侍従が企みを暴露してのけ、エイドリアンは大混乱だ。

悪運……悪運？　いや、多分、それ、全部ドルシア子爵の仕業じゃあ……

エイドリアンがちらりとドルシア子爵を見るも、彼は素知らぬ顔だ。

馬を取り替えろと言ったのは彼で、獲物とは違うところに弓矢を二度打ち込んだのも彼……え、何もなかったわけじゃなくて、全部阻止してくれていたのか？

今更ながらにエイドリアンの背に冷や汗が伝い下りる。

「この、間抜けが！　余のローザに毒を盛りおって！　処刑してやる！　覚悟しろ！」

ハインリヒが叫んだ。エイドリアンは思わず「ローザはあなたのものではありません」と心の中で冷静な突っ込みを入れてしまう。怒り心頭のハインリヒに侍従はすがった。

「お、お待ち下さい、陛下！　私は陛下の指示に従おうとしただけで、本当に何もやっておりません！　女が勝手に倒れたんです！」

「ええい、まだ言うか！　衛兵！」

衛兵に拘束された侍従が引きずられていき、駆けつけた医師にハインリヒが指示を出す。

「何がなんでも助けろ！　死なせたらただじゃおかん！　処刑だ！」

「は、はひっ！」

白衣を身に着けた医師はそう怒鳴られ、平身低頭して最善を尽くしますと請け負った。ドルシア子爵がローザを抱え上げてその場を離れ、辿り着いた先は二人にあてがわれた客室だ。エイドリアンはベッドに横たえられたローザの手をしっかりと握った。

「ローザ、しっかり、しっかりするんだ。き、君が死んだら、私は生きていけない、頼むから！」

ボロボロ涙を流し、エイドリアンが必死に訴える。

演技、なのですけれど……

ローザがそろりと薄目を開けると、涙でぐしゃぐしゃになったエイドリアンの顔が目に映る。

そろそろ大丈夫だと教えて差し上げたいのですが……

今付き添っている人のうち誰が敵で、誰が味方か分からない。毒で倒れたはずの自分が元気良く起き上がったら台無しである。父親のドルシア子爵が大丈夫と言ってくれるまで待たなければならない。ローザが悶々（もんもん）としている間もエイドリアンの切々たる告白は続く。ローザ、愛している、死なないでくれ、どうか神様……等々、こそばゆすぎる。いや、気の毒すぎる。

やはり事前に知らせておくべきだったかしら？

とはいえ、ローザもまた今回の計画を知らされたのは直前だった上、もしエイドリアンが知っていたら、こうも上手くいったかどうか分からない。とにかく、エイドリアンは全部顔に出る。計画そのものが駄目になっていた可能性が高い。

「君は白薔薇の騎士だろう？　誰よりも強いんだから。大丈夫だ、がんばれ……」

エイドリアンが切々とそう訴える。

——お前がローザに毒を？

荒事なんて苦手でしょうに、ナイフを持った犯人と格闘だなんて、驚きましたわ。敵に頭突きをして、自分も大ダメージを喰らうって、笑え……いえ、がんばりましたわね、旦那様。わたくしのため、ですわよね？　やることなすことへっぽこですのに、どうしてでしょう？　一生懸命な旦那様はどうしても応援したくなってしまいますわ。

　せめてこれくらいはと思い、ローザは握られている手をきゅっと握り返す。するとエイドリアンは喜んだようで、さらに強く握り返された。

　人払いをしたドルシア子爵が、医師に言う。

「診断書を書いてくれ。そうだな……毒の後遺症に悩まされるだろうと」

「ええ、ふた月は絶対安静ということにしましょうか」

　エイドリアンはふと首を捻（ひね）ってしまった。

　何やら二人の会話がおかしい。絶対安静ということにしましょうかって、どういうことだ？　エイドリアンが奇妙な違和感を覚えると同時に、再びきゅうっとローザから手を握り返された。

「わたくしがいないと生きていけないんですの？」

「それはもちろ……ん？」

　エイドリアンは目を見張った。ローザが笑っている。

「お父様、起きてよろしいですか？」

「ああ」

ドルシア子爵が許可するや否やローザがひょいっと起き上がったため、エイドリアンは仰天した。

「は、へ？　大丈夫、なのか？」

「ええ、血糊(ちのり)ですもの」

「ち、血糊(ちのり)？」

「迫真の演技でしたでしょう？　わたくしは毒物に詳しいので、症状をそっくり真似しましたの」

うふふとローザが笑う。

「え、ちょ……毒は？」

「飲んでいませんわ？」

「えええええええぇぇえええええええ！」

「やかましい」

ドルシア子爵にゴツッと殴られ、エイドリアンは頭を抱えてうずくまった。

「全員グル？」

白衣を着た医師も侍女のテレサも笑っている。ローザが申し訳なさそうに謝った。

「ええ、ごめんなさい。陛下が晩餐(ばんさん)の席で旦那様を殺す算段を練っていたようですので、それに便乗してひと芝居打ちましたの」

自分が狙われていたのは、あの侍従の言葉からなんとなく分かっていたことだか……

エイドリアンがおずおずと口を開いた。

「ローザ、あの、君はいつから？」

いつから今回の件を知っていたのかを問うと、ローザがふわりと笑う。

「テレサから指示をもらいました」

「テレサ……」

ベッドの傍らには、ローザに付き従うように人懐っこい笑みを浮かべた侍女のテレサがいる。無害なようでいて、彼女はドルシア子爵の密偵だ。

「血も彼女に渡されましたの」

「あの、だったら私にも指示……」

「旦那様は全部顔に出ますわね？」

「え、いや、まぁ……」

「毒を盛られる可能性を示唆すれば挙動不審になっていたと思いますし、わたくしが倒れても平然としていたら、もの凄く不自然ですわ。演技できますの？」

無理だな、うん。全て棒読みの台詞になりそうだ。

ふとローザが頬を染め、嬉しそうに笑う。

「でも、格好良かったですわよ、旦那様。真っ先にわたくしのもとに駆けつけて、毒を隠し持った犯人を捕まえて下さいました。見直しましたわ」

「私がやる予定だったんだが、手間が省けたな」

ドルシア子爵にそう告げられ、エイドリアンは脱力だ。

「いや、でも、ここまでやる必要――」

ないでしょうと続けようとしたエイドリアンの文句を、ドルシア子爵が遮る。

「ローザを狙う者がいると匂わせれば、ここを出る良い口実になる。あの豚はローザに執着しているから、なんだかんだと自分の傍に留め置こうとするぞ？　そしてその間、お前はずっと刺客の危険にさらされるわけだ。生き残れる自信は？」

「ない、です」

「感謝しろ？」

「ありがとうございます」

なんとなく納得いかない気持ちで、エイドリアンは礼を言う。

その後、宣言通りにドルシア子爵が王都に帰る許可をもぎ取ったのは流石だった。

翌日、これでひと安心と胸を撫で下ろしたエイドリアンを嘲笑うかのように、王都に向けて街道を走るローザ達一行の馬車を、馬に乗った刺客達が襲った。ハインリヒの魔の手から逃れたはずが、またひと騒動である。
ガシャンと馬車の窓が割られ、飛んできた矢をドルシア子爵が素手で掴み、エイドリアンの度肝

を抜いた。

「え……矢を掴んだ？」

エイドリアンの呟きを耳にしたローザが不敵に笑う。あら、わたくしもできますわよ？　そう胸の内で呟く。実際、父親が受け止めていなければ、自分が掴んでいた。

「毒矢か……」

ドルシア子爵の指摘で、エイドリアンはさらに及び腰だ。確かに鏃がぬらぬらと光っている。

「そ、そんなに陛下は私が邪魔なのか？　毒矢で殺そうとするほど？」

外を見るとたくさんの武装した騎馬が馬車と並走していて、襲撃者の一人が「止まれ！」と叫ぶも、逆に馬車はぐんっと速度を上げる。御者が馬に鞭を入れたのだろう。

ローザはエイドリアンの考えを訝しく思った。

陛下が旦那様を狙った？　いいえ、違うと思いますわ。ハインリヒ陛下でしたら、わたくしを巻き込むような真似はしないはずですもの。

ドルシア子爵が放ったナイフが襲撃者の喉に突き刺さり、弓を射ようとしていた襲撃者が馬から転がり落ちる。エイドリアンの考えを否定したのは、御者台にいる者だった。

「違うんじゃないっすかねぇ？　伯爵を狙ったハインリヒの手下は、全員地下牢にぶち込まれたみたいだし？　ローザ様に毒を盛られたことが相当腹に据えかねたようで、全員処刑だって騒いでましたぜ？」

「え？　レナード？　なんでお前が……トーマスは？」

御者台を見たエイドリアンが驚く。そう、御者をしていたのはなんと、ドルシア子爵にひっついて離れない護衛の一人、レナード・ソールだった。見た目は雰囲気の柔らかい優男なのに、こういうところはやはり肝が据わっている。毒矢が飛び交っているというのに、態度はいつもと全く変わらない。

「はっはぁ！　後ろの馬車に押し込めたよ。つーか、馬車に乗る前に、御者台に誰がいるのかくらい確認しろっての。あんたみたいなぼんくらは、簡単に誘拐できそうで笑えるよ」

「ぼんくら……」

エイドリアンがむっとするも、レナードは全く気にせず先を続ける。

「もしかしたらリオ・フェリペの野郎かもしれませんね、ジャック様？」

「リオ・フェリペ？」

「父と同じ裏社会のボスですわ」

エイドリアンの疑問にはローザが答えた。

裏社会の勢力は三つあり、互いに牽制し合っている。特にリオ・フェリペはドルシア子爵の命を何度も狙ってきた。ただ、もう一つの勢力を束ねているジョニー・カルディロが、今ではドルシア子爵と協力関係にあるので、最近はめっきり大人しい。

「あるいは、あの寵姫がローザ様を狙ったのかもしれないっすねぇ？」

はははと御者台にいるレナードが笑う。ドルシア子爵が椅子の上蓋を持ち上げ、取り出したのは弓矢である。ドルシア子爵が馬車のドアを蹴って開け、三本同時に放った矢が見事馬上の刺客三人を貫いて、エイドリアンを驚かせた。

「凄い……」

「あら、わたくしもできますわよ？」

負けじとローザが三本の矢を弓につがえると、エイドリアンに目を剝かれた。

「ちょ、な、なんで武器がこんなに！」

椅子の中から剣と弓矢がごろごろ出てくる。

「これはドルシア子爵家の馬車ですもの。備えあれば憂いなしですわ」

ほーっほっほっほっほっとローザは高笑いだ。

「武器を常備しているってかぁ？　あ、それで、こっちに乗ると言ったのか！」

王家から用意された馬車があったのに、そちらを辞退した理由をエイドリアンはここで理解したようだ。

「ええ、淑女の嗜みですわぁ！」

ローザが放った三本の矢で、やはり刺客達が落馬し、後方へ流れていく。ローザとしては極力人の命を奪いたくなかったが、死の危険にさらされればそんな悠長なことは言っていられない。自分と仲間の命が最優先である。

「違う、絶対違う。淑女はそんな真似しない！」

エイドリアンが叫ぶ。

どんっと馬車に衝撃が走り、すかさずドルシア子爵が身を乗り出して馬車の側面に剣を突き刺した。くぐもった声が響き、馬車に飛び移ったらしい刺客が落下する。

　乗り手を失った馬をドルシア子爵が奪って騎乗すれば、漆黒のマントがふわりと広がった。漆黒のマントと仮面が相まって、まるで地獄の使者のようにも見え、恐ろしさ倍増だ。事実、馬車に追いすがっている刺客達が、もの凄い勢いで減っていく。

「ひっ！」

「があっ！」

　ドルシア子爵の猛攻は敵の悲鳴すら呑み込む勢いだ。そこへ、再びどんっと馬車に衝撃が走る。ローザがエイドリアンに剣を放ると、彼は目を白黒させた。

「え？　こ、これは？」

「刺客を追い払って下さいませ、旦那様！」

　三本の矢を同時に放ちながらローザが言う。

「ど、どうやって！」

「物音がするところを剣で突いて下さい！　早く！」

　おっかなびっくりエイドリアンが馬車の後方を剣で突き刺すも、空振りだったらしい。馬車の扉に手をかけた刺客を、ローザが扉ごと蹴って叩き落とす。ぽっかりと外に向かって四角い穴が開くと、聞き覚えのある男女の声が届いた。

「しっかりなさい！　奥様をお守りするのです！」

「うっせぇ！　これでも精一杯やってらぁ！」

馬車の外から響いた声に、エイドリアンが眉をひそめる。

「今の声……」

「ええ、テレサとベネットですわね」

エイドリアンの疑問にローザは余裕の笑みを浮かべた。

「テ……え、えええ！」

ローザの返答にエイドリアンが驚く。

「え？　もしかしてテレサは刺客と戦っている？　あ、そうか。テレサは仮面卿の密偵……」

「ええ、彼女は剣も馬も扱えるようですわよ？」

ローザはそう言ってくすくすと笑った。


その後、馬車を停め、生き残った刺客達をドルシア子爵が締め上げると、ローザを生け捕りにするつもりだったと白状した。どうやら鏃に塗った毒は強力な痺れ薬だったらしい。

とはいえ、ローザ以外は全員殺すつもりだったというのだから、結果は同じであろうか。ドルシア子爵の尋問で、ボキッという音と呻き声が漏れる度に、エイドリアンの体がびくりと揺れる。まるで小枝を折るようだが、ドルシア子爵が折っているのは、れっきとした人間の指である。

「大丈夫ですの？」

ローザが心配すると、エイドリアンは青い顔をしながらも頷いた。残念ながらローザはこういったことにもある程度慣れてしまっている。父親の所業を何度も目にしてきたからだ。

ローザは顔色の悪いエイドリアンを今一度ちらりと見やった。

本当に……旦那様の場合、根性はあるんですのよね。決して引こうとなさいません。白薔薇の騎士の強さにひるまず、父の脅しにも屈しない……

ローザがそっとエイドリアンの手を握ると、一瞬びくりと震えたが、きゅっと握り返してくれた。ぎこちないながらも微笑んでくれ、ローザもまた微笑み返す。

程なくして、襲撃者の腕にある入れ墨から、襲った連中が「金狼」の一味だと判明する。ヴィスタニア帝国皇弟ヨルグの依頼を受け、ローザを攫（さら）おうとした連中だ。

「でも、依頼主は既に幽閉されているのでしょう？　どうして……」

ローザが不思議がる。そう、依頼主の皇弟ヨルグはギデオンの手によって現在幽閉されている。

「あいつらはそれを知らないのだろう。金狼と連絡が取れるのは基本、依頼が完了した時だからな。たとえローザを捕まえたとしても報酬が支払われることはない。ドルシア子爵が吐き捨てた。

こいつらの後始末はギデオンにやらせよう」

「ギデオン皇帝陛下に？」

ドルシア子爵の口角が上がる。

「そう。金狼の本拠地はヴィスタニアだ。私では手を出しにくいが、あいつなら追い詰められる。ローザをしつこく狙っていると言えば、確実に殲滅（せんめつ）するはずだ」

怪物殿下のお父様と、戦神のギデオン皇帝陛下の二人がかりですか……なら、時間はかかっても確実に潰されるでしょうね。ローザはそう確信する。

後始末はドルシア子爵の部下達が引き受け、ローザは再び馬車に乗り込んだ。車中のエイドリアンは浮かない顔だ。

「旦那様、どうなさいましたの？」

揺れる馬車内でローザがエイドリアンの顔を覗き込むと、彼はふいっと視線を逸らした。

「あ、いや……なんでもない」

「なんでもないというお顔ではありませんね？」

エイドリアンが決まり悪そうにもそもそ言う。

「今回、全く役に立てなかったなと思ったら、その……」

「あら、そんなことはありませんわ？　毒を盛った犯人を捕まえて下さったではありませんの」

「ドルシア子爵が捕まえる予定の、だろ？」

むしろ余計な真似をした気がするなどと口にするので、ローザは思わずエイドリアンの鼻をつまんでいた。

「ひでで、ひでで、ローザ？」

ああ、もう！

「旦那様は素晴らしい胆力をお持ちではありませんか！　もう少し自信をお持ち下さいませ！　父の脅しに屈しない方なんて旦那様しかおりません！」

ええ、そうですわ！　ここは是非とも誇りに思ってもらわねば！

「え？　いや、屈しないわけじゃあ……」

エイドリアンがまた何やらもごもご言った。

いいえ、へこたれないところが素晴らしいんですのよ！

ローザは俄然張り切った。

「ええ、常々凄いと思っておりました！　覚えていらっしゃいますか？　旦那様。父に殴られて顔をぱんぱんに腫らしても、旦那様はわたくしと添い遂げたいとおっしゃいましたわ！　あれは感動いたしました！　父の地雷を無自覚にガンガン踏み抜けるのも旦那様だけですわね！　凹まされても凹まされても食らいつく！　不屈の精神力！　凄いですわぁ！」

ローザが褒めまくるも、エイドリアンは納得いかない顔だ。

「それ、凄いって言うかぁ？　なんとなく貶しているように聞こえるんだが……」

「あら、もちろん褒めていてよ？」

ローザがほほほと笑う。

「……確かに懲りるということを知らない」

ドルシア子爵がそう肯定し、エイドリアンはがっくり肩を落とす。

「それも……、何度も同じことを繰り返す馬鹿ってことですよね？」

「不屈の精神力ですわ」

ローザはきっぱりと言い切り、次いでくすりと笑った。

それに……なんだかんだ言って、父がここまで肩入れするのも旦那様だけですわよ？　わたくしもそうですけれど、旦那様の場合、なんとなく助けたくなってしまうんですの。

しょげているエイドリアンの姿が、ローザにはおかしくて仕方がない。

「宰相様は恋をしたことは？」

狩猟館から無事ダスティーノ公爵邸に戻ったローザは、その翌日、応接室でエクトルにそう尋ねていた。建国記念祭までの、束の間の休息である。そう、束の間だ。

「ええ、それは何度も」

エクトルが神妙な顔で頷く。

「その恋が本物か偽物か、区別はどう付ければいいのでしょう？」

そう問われ、エクトルは目を丸くした。

「本物か偽物？　そのようなことが？　ああ、単なる憧れか本物の恋かということですかな？」

「ええ」

「一緒に生きたいと、そう思うかどうか、でしょうかな」

「一緒に生きたい……」

「ええ、私の場合はそうです。つまり二人の生活を思い描けるかどうかでしょう。単なる憧れは夢、ですからな。そういった感覚は欠如しているかと。生活感がなく、地に足がついていない。生きるということはもっと生々しい、痛みを伴うものです。そういった時、手を取り合いたい相手かどうか、でしょうな」

「宰相様」

「なんでしょうな」

「あなたが好きです。そう言ったら、応えて下さいますか？」

思い切ってそう告白すると、エクトルは口にした茶をぶっと噴き出した。そのままぽかんと口を開けたエクトルの顔を、ローザはまじまじと見つめてしまう。

あら、不思議ですわ。素敵な宰相様のお顔が、ほんの少し旦那様のように見えてしまいます。

「いやいやいやいや、待って待って待って待って……」

待ちません、宰相様。

ローザがすかさずたたみかける。

「宰相様はとっても素敵です。格好良いです。てかてか輝く頭も、知的で凜としたお顔も、シャキシャキ歩くお姿も、颯爽と仕事をこなす姿も、美味しいデザートを作って下さる優しいところも、素敵すぎて目が潰れます。これは恋ですか？」

エクトルは何度も咳き込んだ後、真面目な顔を作った。

「ローザ夫人のそれは、憧れ、という可能性も……」

「ありますか？」

「ええ、多分……」

あら、宰相様のお顔がほんのり赤い？

「いや、しかし、照れますな」

エクトルは本当に照れ臭そうだ。

「そこまで褒めていただいたことは一度もなくて、ええ、はい、オーギュスト殿下の傍にいるとですな、どうも私は恋愛対象としては見てもらえな――」

「え、父の方が嫌です」

すかさずローザが言う。

「はい？」

「寒いです。怖気がします。怖くて怖くて仕方がありません。なんでもできるってだけで人外ですのに、やることなすこと鬼畜でごうつくばり。性格ねじ曲がってます。ええ、宰相様とは雲泥の差ですわね。抱きしめられようものなら、恐ろしさでそのまま天国へ直行しそうですわ。やられたことありませんけれど」

ローザの発言にエクトルが目を剥いた。

「そ、そこまで！　いや、ちょ……何やらいろいろ誤解が？」

「誤解？　どの辺が？」

「もろもろ全部という気がしますが……こ、これはちょっと……ここまでとは思いませんでした。

一体どこをどうしたら……」

エクトルがローザをまじまじと見つめる。

「一度、殿下と三人で話し合いましょうか」

さらにそんなことを言い出し、ローザを不思議がらせた。

あら？　そういえば……

「宰相様は父が恐ろしくありませんの？」

「はい？　ええ、まぁ、全然？」

あら、こういったお顔もいいですわね。可愛いですわ。

エクトルがきょとんとした顔をする。

「何故でしょう？」

「何故って殿下はお優しいですが？」

ローザは驚き、そして胸を打たれた。

「宰相様は、ほんっとうにお優しい方なんですのね！　素晴らしいですわぁ！　どんな時も思いやりを忘れない！　あんな父を優しい、だなんて！」

エクトルはローザの大仰な言葉に慌てた。慌てまくった。

「そ、そこで感動されましても、いえ、本当に殿下はお優しいですぞ？」

「いえいえ、何もおっしゃらないで下さい。分かりました、お優しい宰相様のためですもの。父の圧力にも耐えてみせましょう！　怖くてもがんばりますわ！」

「あの、ちょ、本当に……で、殿下は一体どういう育て方をなさったのか……」

エクトルは困惑し、再びローザをまじまじと見つめる。

「……話し合いましょう！　三人で！　何がなんでも！　でないとどっちも悲劇ですぞ！」

エクトルはそう言い切った。可及的速やかに！　と。

ローザは感激しきりである。

ええ、がんばりますわぁ！　宰相様のためにも！　目指せ明るい未来！　好きな殿方と普通に！

ええ、普通に結ばれれば、もうそれだけで幸せです！

そうして意気揚々とあてがわれた客間へ引き揚げたものの、途中でふと気がついた。

あら？　で、結局、わたくしは宰相様と旦那様、どちらと添い遂げたいと思っておりますの？

当初の目的が全然達成されていないことに気がついたのは、夜の寝床の中だった。横ではエイドリアンが既にすぴょすぴょと幸せそうな寝息を立てて眠っている。つんっとローザがエイドリアンの頬をつつくと、むごごとおかしな寝息に変わる。ローザの口元がふっと緩んだ。

ふふふ、可愛い。ええ、もしかしたらこのままでもいいかもしれませんわね？

ローザは楽しげにくすくすと笑った。

第六話　苦手な理由

「ローザ、キリエのマドレーヌを作っているのか？」

ダスティーノ公爵邸の厨房に顔を出したエイドリアンに、ローザは頷いた。竈の前に立つローザは、マドレーヌが焼き上がるのを待っているところで、厨房には甘い香りが充満している。エイドリアンはその匂いを嗅ぎつけたのだろう。

「ええ、父が今日こちらへ参りますので」

「ドルシア子爵が!?　ここへ？」

エイドリアンが仰天し、ローザははたと気がついた。

あら、そういえば、旦那様には伝えていませんでしたわね。今回はお父様と宰相様とわたくしの三人で、というお話でしたので、言い忘れていましたわ。

「ええ、宰相様が是非にと、父を招待して下さいました」

「宰相閣下が……。もしかして親子の交流を深めようと？」

「ええ、そうらしいですわ。あの父を優しいと、宰相様はそうおっしゃいましたの。そのことで話し合いが必要だとか」

「優しい……ああ、そうかもな？」

エイドリアンまでもが肯定し、ローザは心底驚いた。

「あら、旦那様もそう思いますの？」

「あー……怖いけど、その……芯の部分がそんな感じがするんだ。冷たいけど温かい？　妙な言い方で申し訳ないけど……」

意外ですわ。あれだけ苦手そうでしたのに……

ローザはまじまじとエイドリアンの顔を見てしまう。

旦那様は父に殴られましたわよね？　扱かれましたわよね？　あの父の脅しを散々喰らってなお、これですか。優しい……わたくしにはとても言えませんわ。

「君が父親を苦手な理由って、やっぱり怖いからか？」

エイドリアンにそう問われて、ローザははっと我に返る。

「え、ええ。その通りですわ。本気で怒らせると、まるで蛇に睨まれた蛙のようになって、逆らえなくなりますもの」

「例えば？」

例えば？　そうですわね……

「剣の稽古を思い出す度に身震いがします。父は稽古時に本物の殺意を乗せてきますので、何度殺されると思ったか、分かりませんわ」

「でも、生きてる」

「そりゃ、稽古ですもの」

「稽古だから厳しくしたんじゃないか？」

エイドリアンの言葉に、ローザは顔をしかめた。

「だからって、限度があると思いますわ。わたくしは兵士ではありませんのよ？　父の稽古のお陰で、殺気立った野盗を相手にしても平気の平左です。父の方がよっぽど恐ろしい」

「確かにそうかもな！」

あははと気楽にエイドリアンに笑われ、ローザはカチンとくる。

笑い事ではありませんわ！

「旦那様も一度、父に鍛えていただきなさいまし！」

「い、いや、ごめん。遠慮する」

エイドリアンが慌てて謝った。

ほら、ご覧なさい。ご自分も怖いのでしょう？

「他には？」

他？　えーと……

「容赦のないやり口、でしょうか？」

「うん？」

「父は相手が敵だと判断すると本当に容赦がありません。昨日まで友人だったはずの人が、翌朝始末されているなんてこともありました。ですから、わたくしも怒らせるとああなるんじゃないかと恐ろしくて」

エイドリアンは首を傾げた。

「それは、元々友人じゃなかったんじゃないか？」

「え？」

「え、いや、そんな気がしたんだけど……違ったか？」

「そんな風に考えたことは……」

ローザが呟くと、エイドリアンは驚いたようで、身を乗り出してくる。

「ない？　どうして？　だって、君は貴族の中の貴族だ。私よりもそういったことには詳しい。貴族なら、反目し合っていても表面上は仲良くするなんてことはざらだろ？　どうしてそう考えなかったんだ？　そっちの方が不思議だ」

「そう、ですわね……あら、どうしてでしょう？」

本当に不思議ですわ。確かにありえますわね。敵だったけれども表面上は仲良くしていて、確執が顕著になったので始末した……。あら、確かに。こちらの方が辻褄が合いますわ。

でも、父は恐ろしい……いえ、違いますわ。

ローザはそこではたと気がつく。

ええ、違います。行動が恐ろしいから父を恐ろしいと感じていたのではなく、父を恐ろしいと感じているから、そう考えていたような気がいたします。父を恐ろしいと感じているから、父の行動全てがそう見えていた？

いつから……いつから？　分からない……

だって、物心ついた頃からこうでしたもの。父の眼差しが恐ろしい。あの水底のような冷たい眼差しが……。どうして？　血に染まった父の手と赤い薔薇……。過去に遡ろうとすると、どうしてもこの映像が頭にちらつく。そして、手が震えるほどの恐怖を覚える。

――唯一無二の光……私の宝……

父の声……これだけは優しく包み込むよう……

「ローザ？」

エイドリアンに呼びかけられて、ローザははっと我に返った。

「どうかしたか？」

「あ、いえ、なんでもありませんわ」

ローザは無理矢理笑う。人に言えるような内容ではありませんものね。

焼き上がったマドレーヌを竈から取り出し、手際良く皿に盛りつけていく。そのうちの一つをエイドリアンの口に放り込めば、彼の顔が嬉しそうにふにゃりと崩れた。マドレーヌをもぐもぐ食しつつ、エイドリアンが言った。

「なぁ、ローザ。ドルシア子爵は、君といる時は仮面を取って素顔を見せるんだよな？」

「ええ、そうですわ？」

マドレーヌを盛りつける手を止めることなくローザがそう答える。

「他の奴には見せない」

「当たり前です」

「どうして？」

「どうしてって……小さい頃からそうでしたもの。多分、自分の正体を知られたくなかったのだと思います。だから誰にも素顔を見せなかったのだと思いますわ」

「でも、君にはずっと素顔を見せていた」

ローザの眉間に皺が寄った。

「旦那様は何をおっしゃりたいんですの？」

「君は特別だってことだよ」

ぽかんとして突っ立つローザに対し、エイドリアンが勢いづく。

「そうだよ、君は特別なんだ。ほら、ドルシア子爵の行動を見てごらんよ。そうじゃないか？　いつだって君を優先させる。どんなに忙しくても君のためになら動くだろ？　もし私が同じことをしたら、えー……どつかれるだけで済めば御の字だ」

「特別……」

ローザが呟き、エイドリアンが笑う。

「そう、ドルシア子爵は君を愛しているよ」

愛している。

ローザの瞳が揺れる。

父からその言葉を聞いたことはありませんけれど……

そんなはずはないと否定しても、期待してしまう自分もいる。そうだったらどんなにいいだろう、と。小さい頃、父親のためにチョコレートを作った。褒めてもらいたかった。喜んでもらいたかった。けれどそれは失敗に終わって、今でも苦い思い出である。

ローザは自分の指先に視線を向けた。

「お菓子を作っても褒めて下さいません。一生懸命勉強をがんばっても、必死で剣の腕を磨いても、できて当然って顔をされます」

ローザがぷくっと頬を膨らませた。それこそ拗ねた子供のように。

「多分、褒めるのが苦手なんじゃないかな？　あるいはそういった発想がない」

「発想がない？」

「そう、褒めることを知らないとか？　ははは、ま、適当な思いつきだけどね。だから、こうしてほしいって言うといいんじゃないかな。君が褒めてほしいと言えば、ドルシア子爵は態度を変えると思う」

エイドリアンがまたぐいっと身を乗り出した。

「もしかして、君もねだるってことをしたことがないんじゃないか？」

はい？

「ほら、おねだりだよ。子供なら誰もがやると思うけど、あれが欲しい、これが欲しいって、君、我儘を言ったことがないんじゃないか？」

「あの、父を相手に！」

恐ろしいことを言わないで下さいましぃ！

ローザが目を剥くと、エイドリアンが笑う。

「うん、分かった。やっぱり君、やったことがないんだな？　一度やってみるといいよ。君の言葉ならドルシア子爵もきっと聞き入れると思う」

そんなことは……

ローザはそこでふと思い出した。

「……おねだり、したことありますわ」

そう、幼少の頃、抱っこしてほしいと頼みました。

「あ、そうなんだ。で、どうだった？」

「抱っこ、して下さいました」

「おねだりが抱っこ？　君、本当に可愛いな」

エイドリアンがくすくすと笑った。

もう、恥ずかしいですわ。

「でも……」

「まぁ、こじれにこじれているみたいだから、すぐに考えを改めるなんてできないのかもしれないけれど、少しずつ歩み寄ってみたらどうだ？」

「少しずつ……」

「そう、まずはおねだりから？」

お父様におねだり？　ローザの顔からさぁっと血の気が引く。それはちょっと……

「一番難しいですわぁ！」

「なら、どれならできるんだ？」

「そうですわ、ね……握手？」

ローザが誤魔化すようにうふふと笑うと、エイドリアンは呆れ顔だ。

「それ、他人行儀すぎ」

「なら、にっこり笑って挨拶というのは？」

「それだと今までと同じだと思うぞ。あ、だったら、いっそハグしてもらうとか？」

ひいぃ！

「いえ、それはちょっと……」

「駄目か？」

「考えただけで気絶しそう」

ローザの発言にエイドリアンは目を見開いた。

「はあ？　そ、そこまで？　どうしてそこまでこじれたんだ？」

「わ、分かりませんわ！　とにかく恐ろしいんです！　父に抱擁（ほうよう）されると考えると、血と赤い薔薇がちらついて、恐ろしいんです！　怖いんです！　体が震えます！　自分が殺されるような気になってしまって……！」

「それ！　原因！」

はい？

「刷り込みじゃないか？　過去に何か恐ろしい経験が？」

過去に……

「よく分かりませんわ」

「幼少時の体験だと記憶が曖昧（あいまい）なのかもな」

幼少時の体験……ローザの心臓がどくんと嫌な音を立てる。

血に染まった父の手と赤い薔薇。唯一無二の光、私の宝……。光景は恐ろしいのに、何故でしょう？　耳に残る父の声だけは、胸を抉（えぐ）るような切ない響きがあります。

「一度ドルシア子爵に聞いてみるのも手かも。答えてくれるかどうかは分からないけれど」

父に……聞いたことは一度もありませんわね。

手作りのマドレーヌを載せた銀のトレイを手に、ローザは厨房を後にする。その背をエイドリアンが追い、ダスティーノ公爵邸の廊下を歩きながらローザは物思いにふけった。

いいえ、そもそも父とは会話らしい会話をしたことがありません。父は過去を詮索されることを、ことのほか嫌がりますから、段々と距離を置くようになって……。いえ、ずっとそうでしたわ。物心ついた頃から距離を置くのが普通でした。他人行儀が当たり前で、その関係性を疑ったこともありません。自分の気持ちを口に出すことも、こうしてほしいと頼むこともありませんでした。

わたくしが間違っていたのでしょうか？

ローザは父親が通された応接室の手前でぴたりと足を止め、それじゃあと立ち去ろうとするエイドリアンの腕をとっさに掴んでいた。急に心細くなったのだ。

「どうした？」

不思議そうな顔をされ、ローザは意を決する。

頼りになるかどうかと言うと、旦那様は頼りになりません。ですが……

一緒に来てほしいとローザが頼むと、エイドリアンはあからさまに狼狽（うろた）えた。

「わ、私が？　え、えーっと……」

あら、やっぱり旦那様も父が怖いんですのね。なのに、どうしてあそこまで父を擁護できるのか分かりません。分かりませんが！　立場は似ている気がします。お父様を怖いと思う者同士なら、乗り切れるかもしれません！

「エイディー！」

「は、はい！」

号令のようなローザの呼びかけに、エイドリアンの背がびしぃっと伸びた。

「おねだりですわ！　ついてきて下さいまし！」

「わ、分かった！」

反射的にエイドリアンが了承すると、ローザは満面の笑みだ。

ほほほ、わたくしの思いが通じたんですわね。これは、おねだりの練習にも丁度いいですわ。旦那様になら遠慮なく言えますもの。

応接室の扉の脇には、いつも通り護衛のゴールディとレナードが立っている。二人はローザと目が合うと笑ってくれ、扉を開けて中へ入ればドルシア子爵がそこにいた。白い仮面を着け、漆黒の貴族服を身にまとった姿で、ゆったりとソファに腰掛けている。ローザはその光景に目を細めた。

ええ、父のいる場所だけ空気が違いますわね。まるで切り取られた一枚の絵画のよう。いつものことですけれど……

ドルシア子爵の真向かいのソファにはエクトルが腰掛けていて、ローザを目にすると、笑いながら立ち上がって席を勧めてくれた。

「……三人でと聞いたが？」

応接室のテーブルを四人で囲むと、ドルシア子爵がエイドリアンに不信の目を向けた。

あら、旦那様の同席が気に入らないんですの？

「わたくしがついてきてほしいと頼みましたの」

ローザがそう説明した。

「信用に値すると？」

「ええ」

ローザが言い切ると、ドルシア子爵は口を閉じた。了承したのか不快に思っているのか今一つ分からない。けれど、ローザはそのまま押し切ることにする。

お茶の用意をした侍女が退出して四人だけになると、おもむろにドルシア子爵が仮面を取り、ローザを驚かせた。

他人の前で仮面を取ったことなどありませんのに……

「お父様、あの……」

「信用に値するんだろう？」

確かにそう言いましたけれど……

ドルシア子爵が乱れた黒髪をかき上げれば、やはり妙な色気を感じる。年輪を重ねた貫禄と相まって、その美貌には人を圧倒する迫力があった。美しいのに怖気がする。怖いのに目が離せない。ドルシア子爵の素顔と対面すると、こうした相反する感情に悩まされる羽目となる。

ローザがちらりと横手に視線を走らせると、エイドリアンの目はドルシア子爵に釘付けだ。

「オ……オーギュスト殿下？」

エイドリアンが喘ぎ喘ぎ言う。

「そうだ」

「本人？」

「何度言わせる」

「いや、で、でも……以前見た時と全然違います！」

エイドリアンが叫び、ドルシア子爵――オーギュストの眉間に皺が寄った。

「いつの話だ」

「えー……二十年くらい前？」

「若かったな」

「いえ、それだけじゃなくて、こう……明るい太陽みたいだったのに！　温かくて、笑うとこっちまで温かくなるような感じでした！　なのに今は吹雪の夜みたいで、ダイヤモンドダストみたいに綺麗だけどこわ……っあ、いえ、なんでもありません……」

エイドリアンがぴたりと口を閉じ、ローザはそっとため息をつく。

旦那様は本当、度胸ありますわね。思っても普通、言いませんわよ？

「綺麗すぎて怖い、分かる……」

「聞こえてるぞ」

エイドリアンがぼそりとローザに耳打ちするが、すかさず反応され、飛び上がらんばかりに驚いた。ローザは額に手を当てる。

ええ、父は地獄耳です。迂闊なことは言わない方がいいですわ。

「笑ってほしいか？」

オーギュストが皮肉るようにそう口にした。けれど、口角を上げた嘲笑うようなそれに、怒りよりも悲しみを感じるのは何故なのか……

お父様？

ローザは怪訝に思うも、オーギュストから答えは得られそうにない。いつだって彼は自分の感情を押し殺してしまう。

「え？　いえ、その……」

「作り笑いくらいいくらでもできる。だが、お前が気に入るような笑い方は忘れた」

エイドリアンが身を縮めた。

身の置きどころがない、そんな感じですわね。

「そろそろよろしいでしょうか？」

エクトルが話を切り出した。

「話とは、オーギュスト殿下とその、ローザ夫人のご関係についてです。どうも行き違いがあるようですので、この場で解消できればと、そう思っております」

「行き違い、ね……」

オーギュストが誰に言うともなく呟く。

「ローザ夫人はどうも殿下に愛されていないと感じているようでして」

「そのようだな」

「自覚が？」

「私は欠陥品だ。お前も知っているだろう？」

オーギュストの投げやりな物言いに、エクトルはため息をついた。

「殿下、どうかそのように卑下なさらないで下さい。とにかく殿下の愛情が伝わればいいわけですから、えー……ローザ夫人、殿下に何かしてほしいことはございますかな？」

「してほしいこと？」

「歩み寄りが必要です。思っていることを口に出すことも、関係修復に役立つかと」

歩み寄り……。握手は他人行儀だと言われましたわね。ですけれど、ハグは論外ですわ。気絶しそう……。あと、あとは……

「手料理を食べてほしいですわ」

ローザはそう提案した。

料理は得意ですもの。ええ、そうですわ。お父様の喜ぶ顔が見たいです。

「それで、美味しいと言っていただければ……」

エクトルが顔を曇らせた。

「それですが、ローザ夫人、殿下は味覚が――」

「エクトル！」

途端にオーギュストの叱責が飛び、ローザは目を丸くする。

あら、怖いお顔に……

「殿下？」

「黙っていろ」

「いえ、ですが……」

「やめるんだ！」

「味覚が？　なんですの？」

ローザの問いにエクトルは答えなかった。気まずそうな顔で口を閉じる。だが、それで疑問が消えるわけもない。ローザはオーギュストとエクトルの顔を交互に見た。

味覚？　お父様の味覚？　それに何か問題が？　いつも問題ないとしか言わないお父様……

ふっと、ローザの脳裏に疑問が浮かんだ。

キリエのマドレーヌ……。お父様はあれだけは美味しいとおっしゃいました。どうして？

――美味しいって言ったのか？

エイドリアンの驚いた声が耳に蘇(よみがえ)る。

どうして旦那様は、キリエのマドレーヌにこだわったのでしょう？　レシピを再現させてまで、お父様に食べさせました。そして、その味にだけ反応したお父様……。何を食べても問題ないとしか言いませんでしたのに……

――記憶の再現はお手のもの？

記憶の再現……もしかして味の再現？

カチリとパズルのピースが嵌(は)まったような気がした。

「もしかして、お父様はものの味が分かりませんの？」

「……」

　オーギュストの沈黙は肯定しているように見え、ローザはたたみかけた。

「それで、それで料理人も、お父様には料理の出来を聞かなかったのですか？　精通しているはずのワインを呑まないのもそれで？　でしたら……」

　血の気が引く思いがした。過去の自分のやらかしを思い出したのだ。

「わたくしが混入した毒に気がつかなかったのも……そのせい？」

　なんてこと……

「毒を混入？」

　エイドリアンが怪訝（けげん）そうに口を挟み、ローザがそちらに視線を向ける。

　ええ、訳が分かりませんわよね。

「やり返したんですの」

「やり返したって……」

「父はわたくしの食事によく毒を混ぜましたから、その、軽い気持ちで……」

　ええ、すぐに分かるだろうと思って……。子供だったから加減が分からなかったけれど、記憶を辿ると、ぞっとしますわ。多分、致死量だったと思います。

　まさか、全部呑み干すとは思わなくて……

　だって、すぐに気がつくだろうと、そう思っていましたもの。お父様は毒物に異様に詳しい。自らわたくしに手解きをするほど。なのに予想に反して、父はわたくしが混入した毒に気がつかなかった。血を吐いて倒れて……。事なきを得たのは、すぐに解毒薬を口にしたからか、あるいは今のわたくしと同じように毒物に耐性があったからか……

――ローザ様！

――やめろ。

ゴールディの叱責を止めたのは、やはり父だった。

――私が無様だっただけだ。警戒を怠った……。私の失態だ。

そう言って、父はふらつきながらも自分の足で歩いて立ち去った。でも今考えると、よく生きていたものだとローザは思う。あの後、父は一週間姿を見せなかった。あの頑健な父が……。きっと、わたくしの想像以上に危なかったのでしょう。

「お父様、ごめんなさい……」

「謝るな」

オーギュストがそう口にし、ローザの謝罪を遮った。

「でも……」

「前にも言ったように私の失態だ。警戒を怠った私の責任だ」

「殿下」

エクトルが身を乗り出した。

「何故今までローザ夫人に言わなかったのですか？　今のあなたの状態では、毒物を混入される危険性が高い。近親者であるローザ夫人がそれを知らなければ、避けられる危険も避けられません」

オーギュストは煩わしそうにその先を遮った。

「危険を避ける、か……誰が危険を察知する？」

「それはもちろん毒物に詳しい側近でしょう。それは間違いありません。ですが、想定外の事態が起こった場合どうなさいますか？　ローザ夫人が殿下の味覚障害を知ってさえいれば、避けられる危険もあったのでは？」

オーギュストの目が険しさを増した。

「ローザに毒味をさせる気か？」

「緊急措置として必要なら、そういう場合も考えられます。どうか御身を大切に……」

「……臣下としての態度なら、それで正しい。普通は王を優先する。どちらかの命を選べと言われれば、普通は主である王を選ぶだろう。だが、私にそれを当てはめるな。ローザに毒味をさせるくらいなら私が死ぬ。それでいいんだ」

「いや、しかし……」

「ローザが女王だ。次期国王。それを忘れるな。仕える主君は私ではなくローザだ」

「お父様、お言葉ですが！」

ローザは思わず割って入っていた。

ええ、聞き捨てなりません！

「毒物の見分け方を教えたのは、お父様ではありませんか。今更ですわ。わたくしの毒の知識はお父様譲りですのよ？　誰よりも詳しいですわ。毒味くらいいくらでも――」

「やめろ！」

椅子の肘掛けを叩き、オーギュストが立ち上がった。憤怒の形相だ。

「毒物を見分けられるよう仕込んだのは、お前を生き残らせるための手段だ！　それ以外の何ものでもない！　毒味だと？　やらせるものか！　お前は私の命だ！　唯一の光！　それを失ってまで生きている価値がどこにある！」

「おとう、さま……」

ローザは驚き、言葉を失った。一体どう言えばいいのか分からない。ローザはただただ自分の父親を見据えた。呆然としたと言ってもいい。

「自分の命を優先させるんだ。いいな？　これからも！　今聞いたことは忘れろ！」

オーギュストの叫びを最後に、部屋の中がしんっと静まり返った。誰も身じろぎもしない。

――ドルシア子爵は君を愛しているよ。

エイドリアンの言葉がローザの耳に蘇る。

本当に？　本当ですの？　これが父の本心？　わたくしを失ってまで生きる価値がない……そこまで言わしめるほどですの？

「唯一無二の光……私の宝……」

ローザの言葉にオーギュストが反応する。

「……思い、出した、のか？」

やっぱりお父様にはなんのことだか分かりますのね。

ローザはオーギュストの傍らに膝をつき、指を組み合わせて教えを乞うた。

「断片的に……。教えて下さい、お父様。この光景はなんですの？　床に散らばった赤い薔薇、血に染まったお父様、そして、唯一無二の光……そう言ったお父様がわたくしに向かって両手を広げて……。甲高い女の笑い声、いいえ、悲鳴？　あれは？」

「滅びの魔女を私が殺した」

「滅びの魔女？」

「滅びの魔女の秘薬を飲んで、魔女の力を手に入れた女だ。私につきまとって離れなかった。お前の目には仲睦（なかむつ）まじい夫婦のように見えていただろうな。そう振る舞っていたから……。けれど、毒の血が薬に変わり、お前が私に興味を示すようになると、あの女はお前に敵意を抱いたようだ。お前を殺そうと……我慢の限界だった。ハサミを振り上げた女の手を殴って止め、傍にあった食卓用ナイフを掴んで滅多刺しに……」

ローザは息を呑んだ。

「殺したんですの？」

「そうだ。元々殺したいほど憎んでいた女だから、歯止めが利かなかった。あの女はお前の母親の仇（かたき）だ」

「わたくしの……」

ふっと、断片だった記憶が一つに繋がって……

「赤い薔薇はオーギュによく似合う……」

「ああ、そうだ。そう言っていたな……く、ははは。だからあの女は、赤い薔薇を絶やさなかった。全くもって忌々しい……。そう、あの時も花瓶に赤い薔薇が生けられていて、あの女が倒れた時、それをひっくり返したか……。床に散らばったそれが記憶に残っていたんだろう」

「お父様がわたくしを抱きしめて……」

「そうだ、考えなしだった。殺人現場を目撃したお前がどう思うか、あの時はそんなことにまで気が回らなかった。ようやくお前を取り戻せると歓喜し、返り血を浴びた姿のままお前を抱きしめた。お前は悲鳴を上げて……気を失った。それ以降、私を見ると怯えるようになった。事件当時の記憶はなくしていたようだったが、それでも私に対する恐怖心は残ったようで、酷い時にはひきつけを起こす。それで、なるべく刺激しないようにと、遠巻きにするくせがついて……」

「それで視線を合わせないように……」

「そうだ」

「触れるのを避けていたのは……」

「お前が怯える」

「お父様はわたくしを愛しているんですの？」

「この上なく」

ローザはオーギュストの大きな手を見つめた。記憶にある血に染まった手を思い出すと、欠けたパズルのピースが嵌まるように、ふっと新たな記憶が蘇る。

――この、泥棒猫！　何やってんのさ！

甲高い女の怒声が……

——オーギュはあたいのもんなんだ！　ガキのくせに色気づいて！

憤怒に染まった女の顔……いえ、嫉妬に狂った女の顔でしょうか。

——お戯(たわむ)れを……二人は実の親子ではありませんか。

そう言ったのは誰だったのか。執事服の……ザイン？

——親子たって、女は女だよ！　オーギュにまとわりついてうっとうしいったら！　最近オーギュが冷たくなったのは絶対こいつのせいだ！　殺してやる！

恐ろしい形相をした女が、わたくしに向かってハサミを振り上げて……。そうですわ、その直後にあの惨劇が……

傍にあった花瓶が落ちて割れて……。女の叫び声、許しを請う声。血しぶきと、床に散らばった赤い薔薇。床に広がった血が赤い薔薇をさらに染め上げて……。もしかして、お父様はわたくしを守ろうとした？　それを、わたくしは自分が殺されるとずっと勘違いを……

「……あの時、お父様はお母様の仇(かたき)を取ったんですのね？」

「そうだ」

オーギュストが肯定する。

冷たい、恐ろしい……そう見えていたのは、過去の幻影のせい？　事あるごとにお父様に殺されると思い込んでいたのは、過去に目にした惨劇が原因だった？

ローザはオーギュストの顔をじっと見つめた。

不思議ですわ、怖くない……

今感じているこの感覚をなんと言えばいいのだろう。バラバラだった過去の記憶が繋がると、今までの恐怖心が、ふっと和らいだのだ。

――お父様、だっこ。

幼い頃のもう一つの記憶が、ローザの脳裏に鮮明に蘇（よみがえ）る。同時にオーギュストの驚いたような表情までもがありありと。なんとも言えない思いが込み上げ、目頭が熱くなった。

ああ、今思えば……ええ、とても嬉しそうでしたわね。何故父がそんな顔をしたのか、今なら分かる気がしますわ。

「お父様、あの……」

ローザはだっこと言いかけ、やめた。流石（さすが）にそんな年ではないからだ。その代わりに手を伸ばし、自分の父親を抱きしめようとするも、今までが今までだけに、どうしても躊躇してしまう。そこへ助け船を出したのがエイドリアンだ。

「甘えるのは子供の特権」

何をしようとしていたのか見抜かれて、ローザはむくれた。

子供って……もう、わたくしは子供ではありませんわよ？

それでも、その一言が後押しになったことは間違いない。手を伸ばし、ローザが思い切って父親を抱きしめれば、オーギュストは反射的に身を引こうとした。どうやら驚いたらしい。ローザにもその緊張の度合いが伝わってくる。

「平気、なのか？」

オーギュストの質問の意味が分からず、ローザは首を捻ってしまう。

「お前は、ずっと私との接触に怯えていた。だから……」

だから……ああ、だから、だからいつも遠巻きに？　抱きしめても下さらなかった？

これまでのオーギュストの行動を思い出す。

もしかしてあの光景は、お父様にとっても心の傷になっていたのでしょうか？　抱きしめたわたくしが、ええ、悲鳴を上げて倒れたんですものね。わたくしもウォレンにそんな真似をされたら、抱きしめるのが怖くなるかもしれませんわ。また、同じようになったらって思いますもの。

「大丈夫ですわ。もう、大人ですもの」

ローザがそう言うと、オーギュストは躊躇した後、そろりと抱きしめ返した。そっと壊れ物を扱うように。

けれど、オーギュストの遠慮が消える頃には、ローザは少々恥ずかしくなってきていた。いい年して甘える自分に羞恥を覚えたのだ。

どうしましょう。お父様がなかなか放して下さいません。

困り果ててもぞりと身動きすると、透明な雫がオーギュストの頬を伝っていることに気がつき、ローザははたと動きを止めた。

泣いて……お父様が？

ついローザが見入っていると、オーギュストの口が動く。

「あ、い……愛して、いる、ローザ……。私の宝……」

ローザは心底驚いた。驚嘆したと言ってもいい。聞きたくて聞きたくてたまらなかった言葉で、感動もひとしおである。ローザの碧い瞳から涙が一粒こぼれ落ちた。

愛している……確かに、確かにお父様はそうおっしゃいましたわ。

「わたくしも、わたくしも愛しておりますわ」

嬉しくてくすぐったくて、ローザは気がつけばそう答えていた。

ええ、自然と口から出ていましたの。

第七話　焦りと揺さぶり

「殿下、あの、申し訳ありませんでした」

応接室から退出しかけたオーギュストに、エクトルが謝った。エイドリアンが見ると、頭を下げたエクトルの目元がなんとなく腫れぼったく見える。もらい泣きしたからだろう。

自分もだけど……エイドリアンはそっと自分の目元を拭った。

オーギュストは既にいつもの仮面を装着済みだ。漆黒のマントを羽織った姿は、そびえ立つ岩山のよう。けれども、先程の光景が夢でないことは、その傍にぴったり寄り添うローザの姿で分かる。

今までだったら、一歩も二歩も下がっていたに違いない。

「私の独断で、殿下の味覚障害をローザ夫人に告げてしまいました。本当に申し訳なかったと思います」

「いい。なんとかする」

なんてことはないやりとりだ。普通ならこれでなんの問題もないと思うのだろうけれど、エイドリアンは漠然とした不安を覚えた。

なんとかするって……。ドルシア子爵がなんとかすると言うからには、本当になんとかしてしまうんだろうけれど、先程の言動からすると、自分の命すらゴミのように捨てかねない。それだと絶対ローザが泣く。まぁ、優秀な部下が睨みを利かせているから、心配はいらないのだろうけれど……。何かあれば、いつもくっついているあの護衛達が容赦しないに違いない。そう思うけれど……

「あ、あの！」

ドアノブに手をかけたオーギュストを、エイドリアンはとっさに呼び止めていた。どうしても不安が消えてくれない。嫌な予感を覚えてしまう。

「ドルシア子爵、その、しばらくこちらでローザと過ごすことはできませんか？」

そう言った途端、振り返った彼と目がバッチリ合い、エイドリアンはさっと目を逸らした。

駄目だ、いまだに慣れない。どうしてこうもドルシア子爵は視線に圧力があるのか……。王者の風格ってやつか？　心臓に悪い。落ち着け、落ち着け……深呼吸、深呼吸。

「ドルシア子爵の味覚障害は、ストレスから来るものだと聞いています。ですから、ローザと一緒に過ごす時間はストレス解消に繋がって、えー……味覚障害が治るかも、なんて思いまして、えー……」

「……十六年もの間これだ。今更治癒するとは思えない」

返ってきたのは抑揚のない声だ。仮面越しなので、やはりオーギュストの表情は読み取れない。

「可能性がないわけではないでしょう。やってみてもいいのでは？」

「くだらん。今更――」

「諦めるんですか！」

エイドリアンは、背を向けたオーギュストを再び呼び止める。

何故、ここまで食い下がるのか、エイドリアン自身にもよく分からなかった。分からないが、このままでは駄目だと、そんな焦りに突き動かされてしまう。

味覚障害が治らないと、何かあった場合にドルシア子爵が命を捨てかねない！　そんなことはない、大丈夫だと思いたいけれど、絶対なんてあるものか！　ローザのために！　引いたら駄目だ！

ここは何がなんでもやってもらわないと！

「これから毎日、ローザの手料理を味わうんです！　絶対治ります！　あ、あなたは不可能を可能にしてきたじゃあないですか！　ここで引いてどうするんですかぁ！　できないって言葉が一番嫌いだったんじゃないんですか？　ここで引き下がったら努力もできない奴だって言いふらしてやりますから！」

エイドリアンは勢いそう怒鳴り、はっと我に返る。

えー……脅した相手がドルシア子爵、いや、仮面卿だ……まずい。何をやってるんだ？　私は……。

いろいろと反応が怖い。何が飛んでくる？　仮面卿の場合、倍返しじゃなくて、十倍返しとかさらっとやられそうで、もの凄く恐ろしいんだが……

「いい度胸だ」

エイドリアンが冷や汗をだらだら流す中、オーギュストの静かな怒りが耳朶を直撃し、腰を抜かしそうになる。ひぃぃ！　分かってますぅ！

「……私が治療に臨まなかったとでも？」

しかし、そう問うた声は、予想に反して静かだ。エイドリアンは思わず顔を上げ、オーギュストを見返した。緑の瞳もまた凪いでいて、一見落ち着いているように見える。

けれども、それはあくまで表面上だ。よくよく見れば、その奥に冷たい怒りが渦巻いていることが分かるだろう。火山噴火のような熱はなくても、奥底に潜む氷の刃は、より一層人を追い詰める。

「散々やった。食事療法に薬物療法……その効果がなかった時の落胆が分かるか？　ものの味が分からない。一言で簡単に言ってくれるが、どれほどの重圧がかかっていると思っている。何を食べても砂を噛むようで……いっそ何も食べない方がましなくらいだ。だが、人はものを食べなければ生きていけず、無理矢理ものを口に入れれば、今度はその度ごとに味覚の欠落を思い知らされる！」

静かな怒りが激高へと変わり、腰を抜かしそうな憤怒の嵐が室内に吹き荒れるようだった。

「ローザの手料理を毎日味わえ？　ああ、味わいたいとも！」

怒気に気圧され、エイドリアンが後ずさる。

「味わいたいと、どれほど願ったと思っている！　何度も何度も試したんだ！　なのに……この舌は反応しない！　美味いと、そう言ってやりたくても、その一言が！　たったその一言が言えなかった！　誰もが当たり前のように口にできる言葉が言えない……その苦しさが分かるか？　何故だ、どうして私だけが、と……努力もしない？　お前に、お前に何が分かる！　たった二十四の若造が！　知った風な口を利くな！　努力したんだ！　あらゆる手をやり尽くした！　見ろ！　その結果がこれだ！」

オーギュストが叩いた壁が砕け、亀裂が入る。エイドリアンはひっと身をすくめた。その場がしんっと静まり返る。オーギュストの激高に驚いたけれど、それ以上に心が痛んだ。

あ……流石（さすが）に言い方が……

いや、彼の気持ちを考えなさすぎたのだと気がつく。

そうだ、味覚がない、そのことでどれほど苦しんできたか……そこまで考えが及ばなかった。ローザのため、ドルシア子爵のためにと考えたけれど、底が浅すぎたのだ。

「申し訳、ありません……」

一体どうすれば……

そこへ、取りなすように割り込んだのがローザである。

「お父様、キリエのマドレーヌなら食べられますわよね？　わたくし、あれを作りますわ。あれでしたら、味覚が戻らなくても、美味しいって言えますものね？　それで十分ですわ、お父様。ね、やりましょう。今まで一緒に過ごせなかった時間を取り戻せるだけでも、嬉しいですもの」

「……泣くな」

こぼれ落ちるローザの涙をオーギュストが手で拭う。

「これは嬉し涙ですのよ、お父様」

ぴったりとローザがひっつけば、オーギュストは折れた。了承してくれたのだ。

その光景を目にしたエイドリアンは、初めからローザに説得してもらえば良かったのだと気がつく。まさしく骨折り損のくたびれもうけ、いや、藪を突いてまたもや大蛇を出したって感じだ。つくづく自分は余計なことばかりしている気がする。

「旦那様、お礼を言いますわ」

オーギュストとエクトルが邸の奥へ姿を消し、自分達もあてがわれた客室へ戻る途中、ローザにそう言われて、エイドリアンは首を捻った。余計なことしかしなかったような気がするが……

ローザが笑う。

「あら、だって、父の本心が聞けましたもの。うふふ、旦那様がああやって突っ込んで下さらなければ、父はずっとだんまりを押し通しましたわね。苦しいなんておくびにも出さずに。味覚がなくて辛い……その一言をきっと口にしないままでしたわ」

え？　あ……

ふとローザの笑みが崩れ、泣き笑いの顔になった。

「父は何も言わないんですの。ですから、ああやって父の本心を聞けたことはとても嬉しいですわ。でないと、きっとわたくしは、父の気持ちなど分からないままでしたもの。美味しいと言ってやりたい、あんな風に思って下さっていたなんて……。ええ、本当、わたくしは父のことをなんにも知らなかったんですわね」

それからというもの、毎日毎日甘い香りが邸に漂うことになった。ローザが父親のためにキリエのマドレーヌを焼いているからだ。

第八話　楽しい親子交流、のつもり

「お父様！　差し上げますわ！」

ローザは父親がやってくるのを待ち伏せし、邸の廊下を歩いていたオーギュストに白薔薇とかすみ草の花束を差し出した。わっさぁと両手に抱えるほどの束だ。

宰相様に聞きましたの！　お母様の好きな花はかすみ草だったそうですわね！　そこにわたくしの好きな白薔薇を足してみましたの！　うふふ、プレゼント大作戦ですわ！

「……ありがとう？」

何故疑問形なのか、本当に不思議そうだ。が、ローザはオーギュストに礼を言われ、じんっと胸が熱くなる。

お父様がお礼、お父様がお礼、お父様がお礼……あああ、奇跡ですわぁ！　こ、こんな日が来るなんて。では！　さっそく仲良し親子大作戦を決行しましょう！

ローザは意気揚々、ほーっほっほっほっほっ！　と高笑いして、手入れの行き届いたダスティーノ邸の庭園を指し示した。庭を彩る常緑樹が美しい。

「さあ、では！　お父様！　庭を一緒に散歩しましょう？　競争ですわ！　あの噴水に先に着いた方が勝ちですわ！　負けた方が庭園を十周走りますのよ！」

返事を待たず、騎士服姿のローザが颯爽と走り出す。そう、このために白薔薇の騎士の衣装を着込んでいたのである。準備万端というわけだ。

ええ、同時に走り出すと負けますからね！　これくらいのハンデは下さいまし！　……って、追い抜いていかないで下さいましぃ！

黒いマントがひらりと視界をよぎり、ローザは慌てた。軽快に前を走るのは、言わずもがなオーギュストである。

こ、これでは、お父様が一生懸命走る姿を教師気分で高みの見物、いえ、愛でる作戦が台無しになってしまいますわ。少しくらい、こっちに花を持たせて下さいまし！　容赦ないですわね、こうなったら！

「とぉう！」

「甘い」

ローザが足下に向けて放った枝を、オーギュストがかわす。

う、後ろも見ずにかわしましたわ！　相変わらずどこに目が付いているんですのぉ！

ぐんっとオーギュストの速度が上がり、ローザは焦った。必死で後を追いかけるも、残念ながら距離はなかなか縮まらない。結果、ローザは勝負に負けた。

ああ、失敗です。ええ、がっつり負けましたわ……本当にお父様は容赦ないですわね。

「庭園十周」

僅差だったので褒めてほしいとひっそり思ったが……オーギュストの無情の声が告げ、ローザの笑顔が引きつった。

ふ、ふふふふふ、ほんっと鬼ですわね！　けど、やってやろうじゃありませんの。嘗めないでいただきたいですわ！　庭園十周くらいなんでもありませんことよ！

「今の……」

「バークレア伯爵夫人？」

もの凄いスピードで走るローザの耳に、使用人達の声が届いては後方に流れていく。彼らが目で追うのはローザの後ろ姿だ。風になびく金の髪がキラキラと輝き、見惚れるほど美しい。

と、とにかく早くこれを終わらせて、温かな親子の触れ合いを……触れ合いって、あらぁ？　既にそこから外れているような気がするのは気のせいでしょうか？　つい首を捻りそうになる自分をローザは励ました。いえ、計画実行あるのみですわ！　目指せ、仲良し親子！

急いで噴水に戻ると、オーギュストがきちんと待っていて、ローザはほっと胸を撫で下ろした。

ああ、良かったですわ……ちゃんといましたわね。退屈だからと、どこかへ行かれていたら計画が台無しですもの。ええっと、この後は、この後は……

「お父様、庭園を散歩？　し終わりましたので、今度はお茶をご一緒しましょう！」

ローザはにっこり笑ってそう言った。庭園の一角に設けたお茶の場へオーギュストを案内する。

ほーっほっほっほっ！　お茶請けはわたくしの手作りマドレーヌですわ！　ゆっくり味わ……いえ、味わう真似をして下さいまし！　親子で優雅なお茶の時間を一緒に過ごす、きっとこれで心温まる親子の会話が……

「リンドルン王国の歴史を暗唱」

腰を落ち着け、紅茶のカップに手を添えたオーギュストの言葉に、ローザの口元が引きつった。

そうでしたわ。お父様が傍にいる時は、大抵こんな風に扱かれるんでしたわね。

そう、今までオーギュストと過ごす時間は全て、ローザの教育にあてられていた。そして暇さえあれば、こうして覚えた内容を復唱させることが常である。親子らしい会話などした覚えがない。

どうしたって漏れ出るのはため息だ。

お父様、それ、心温まる親子の会話ですの？　絶対に違うと思いますわ。

そんなことが延々続き、ローザはげっそりだった。まるで勉強会である。せめて別の話題をと考え、ローザは今飲んでいる紅茶に意識を向けた。

「お父様、紅茶の香りはいかがですか？」

オーギュストは手にしたカップを見つめ、ぽつりと言った。

「ああ、懐かしい香りだ。ウラド産の紅茶だな、酸味のある……」

「分かるんですの？」

味が分からないのに種類を言い当てられるとは思わなかった。ローザが驚くと、オーギュストがうっすらと笑う。

「紅茶の色と匂いで分かる……」

そういえば……

「お父様、バークレア領主館でワインの種類を言い当てたことがございましたけれど、あの時も？」

以前、バークレア領主館に皇帝ギデオンが押しかけてきた時、ワインの味を問われたことがあったが、オーギュストはその種類をぴったり言い当ててみせたのだ。あの時、ローザは父親の味覚障害を知らなかったので、ブラインドテイスティングができたことを不思議に思わなかったのだが……

「あの時はワイン倉のリストの中からあいつが選びそうなワインを選別し、香りと色で特定した」

オーギュストがそう答える。事もなげに言われ、ローザは苦笑した。自分もブラインドテイスティングはできるが、父親と同じ状況下で同じ真似ができるかというと、自信はない。

「このお茶はお好きですか？」

「そうだな……昔はよく飲んでいた。ブリュンヒルデが好きだったから……」

仮面の下の顔が微笑みを形作った。

お母様が好きだったお茶。もしかしたら、キリエのマドレーヌも？

「お父様とお母様の出会いはどんな風でしたの？」

そろりとローザは切り出した。父親は過去の話を嫌がる。けれど、今なら……

「……ヒルデが木の上から降ってきたな」

カップを手にしたオーギュストの眼差しに懐かしむ色が浮かんだ。

「彼女が六つで私が九つの時だ。ヴィスタニア帝国に招かれた際、木の枝を折って降ってきたヒルデを私が受け止めた。どうやら、木から下りられなくなった子猫を追いかけて木に登ったらしい」

あらまぁ……なんとも衝撃的な出会いですわね。そういえば……

「ギデオン皇帝陛下はその時、何をなさっていたのでしょう？」

ローザは気になった。あのシスコン皇帝のことだ。自分の妹にべったりひっついていそうなものなのに、傍にいなかったのだろうか？　オーギュストが苦笑する。

「……よくも追い越しやがって、と突っかかられたか」

え？　あら？

「庭園を案内されていた私は、ヒルデ付きの侍女達の悲鳴を聞いて、ギデオンと同時に走り出したんだが、あいつは足が遅い」

いいえ、違います。お父様が異様に速いんです。

ローザは即座に心の中で突っ込んだ。

まぁ、わたくしも鍛え上げられた騎士達をごぼう抜きしますから、人のことを言えませんけれど……。そうそう、わたくしの能力はお父様似ですものね！

ふんふんと、つい自慢げに鼻息が荒くなってしまう。

「そう、同時に走り出したが、今言ったように、先に到着したのは私だ。それがよほど気に入らなかったようで、なんでお前が受け止めるんだ、妹を放せと詰め寄られたが、あいつはヒルデに叱られて渋々引き下がった」

まるでその時の状況が目に浮かぶよう。ふふっとローザから笑いがこぼれた。

「ヒルデを取り巻く環境は温かく優しかった。なんと言ってもヴィスタニア帝国の第一皇女だったからな。幸せに……誰もが彼女は幸せになると信じて疑わなかった。なのに……」

父親のやりきれない響きを感じ取って、ローザはぴたりと口を閉じる。

お母様との思い出を話したがらなかったのは……自分の出自を隠したかったというだけではなくて、お母様の死が辛かったからですの？　楽しい思い出すら辛いと感じるほど……

黙って茶を口にする父親を、ローザはじっと見つめた。彼が背負った人生の重さをどうしても感じてしまう。

翌日、客室の長ソファに腰掛けて刺繍をしていたローザは、エイドリアンに気遣わしげな視線を送られた。先程から何度ため息をついたか分からない。ローザの隣にエイドリアンが腰を下ろす。

「ローザ、どうした？　元気がないが……上手くいかなかったのか？」

エイドリアンが彼女の顔を覗き込む。

「いえ、ちゃんと庭園十周運動会をやり遂げ、歴史の暗唱会を完遂しましたわ」

「……心温まる親子会、を計画していたはずでは？」

エイドリアンが首を傾げた。それは何か違うようなという雰囲気が、ひしひしと……

ええ、そう、わたくしも何かおかしいとは思いますけど、父を相手にするとどうしてもこうなってしまいます。変ですわ。どうして普通の親子のようにならないんですの？　心温まる親子会を計画したはずが、やっぱり失敗の臭いがします。どうしましょうか。

「飾らない言葉で、自分の気持ちを伝えてみたらどうかな？」

エイドリアンがそう提案する。

「その、ほら……子供がよくやるような？　父上、大好きって、あれだ」

「旦那様もやったことが？」

「私はしょっちゅう抱き上げられていたから、まぁ……」

スキンシップは日常茶飯事だったと言う。

そういえば……旦那様は子供の頃、お父様の馬によく乗せてもらっていたとか。いいかもしれませんわね。子供の頃やれなかったことに今から挑戦です。

ローザはじっとエイドリアンを見つめた。どうかした？　そう言いたげに彼が首を傾げる。

ふふ、なんでもありません。

横に腰掛けていたエイドリアンの肩にもたれかかってみる。

「ローザ？」

「少しこのままで」

たまには甘えたい時もありますわ。

エイドリアンにそっと肩を引き寄せられ、ローザの微笑みが深くなる。

温かい……

「お父様、大好きですわ！」

後日さっそく、ダスティーノ公爵邸の廊下でローザは父親に抱きついてみた。

笑顔、笑顔ですわ！

ローザは引きつりそうになる顔を必死で保った。

なにせ、こんな真似は一度もやったことがない。気楽に実行してみたものの、慣れないことはするものじゃないと思う。恥ずかしさと気まずさで冷や汗が出そうである。けれど、ここで引いたら負けだとばかりに、ローザは抱きついたままの姿勢を崩さない。

すると、常にオーギュストにひっついて離れない二人の護衛が顔を見合わせ、ごゆっくりとでも言いたげな生ぬるい笑みを浮かべて、すすすと後ろへ下がった。ゴールディのゴリラのような巨体と、レナードのほっそりとした体が後方へ遠ざかっていく。

あの、妙な気の利かせ方をされると逆に困りますわ。肝心のお父様の反応もありませんし、どうしましょう……

彫像のように固まっていっかな一向に動かない。怪訝に思ったローザがそろりと顔を上げると、そこに照れたようなオーギュストの顔があって、目を見開いた。思わずぽかんと口を開けそうになってしまう。仮面越しで分かりにくいけれど、頬がほんのり赤い。確かめるようにじっと見つめると、ふいっと顔を逸らされたが、やはり照れているようである。

あらあらあらぁ？　意外ですわ。お父様のこんな顔は初めて見ました。

ローザの心が湧き立った。悪戯が成功した時のような心境である。

「お父様？」

「……なんだ？」

「大好きです、愛してます。……心温まりますか？」

ローザはにっこり笑うも、何かを察したか、オーギュストの顔が曇る。

「……誰の入れ知恵だ？」

「エイディーですわ」

「あれか……」

オーギュストが舌打ちを漏らし、ローザはしまったと思った。

あ、これはまずかったでしょうか？

「旦那様は親切心でおっしゃったんですのよ？　彼を罰したら泣きますよ？　暴れますよ？　お父様の後ろをついて歩いて、延々恨み言を言います」

「こんなことで罰するものか。お前の中で私は一体、ああ……」

思い当たる節があるのか、オーギュストは途中で口を閉じた。歩き出したオーギュストの背をローザが追いかける。ふわりと翻る漆黒のマントは、やはり影のよう。同時に、離れた場所にいた護衛のゴールディとレナードも動き出す。

「人身売買で可愛い子供達を売っ払いましたわよね？」

「ああ、養子縁組を結んでやったな。子供のいない夫婦はたくさんいる」

……はい？

「招待したお客様を毒殺しましたわよね？」

ローザは再度問いかける。そう、一人残らず毒殺です。あれは肝が冷えました。

「あれは間者だ、馬鹿者」

歩きつつオーギュストが答えた。

間者？　え？　スパイ？

「……わたくし、ずっとずっとお父様のことを鬼畜(きちく)で外道(げどう)だと思っておりました」

ローザが白状すると、ふっとオーギュストの口角が上がった。

「そうだな。間違ってはいない。非情な手段も使った。残念ながらそれは今後も変わらない」

まるで決意表明のよう。お父様らしいですわ。

「金の亡者(もうじゃ)」

「汚名を晴らし、国王として返り咲くには金が必要だ」

まぁ、そうですわね。ただ、ちょっとがめつすぎる気もしますが……

——仮面卿は部下には気前がいいんですよ。知りませんでしたか？

ローザはテレサの言葉を思い返す。

破格の報酬を渡すことも少なくないとか……ええ、知りませんでしたわ。社交界で耳に入ってくるのは、お父様にやり込められた貴族達の悪評ばかりですもの。

「お父様」

「なんだ？」

「愛しておりますわ」

これはローザの掛け値なしの本心である。すると、オーギュストがぴたりと足を止め、振り返った。夕焼けに染まった空の一滴が彼の顔に祝福を与えたかのようで、仮面を着けていてもその表情は柔らかい。

「私もだ」

オーギュストがそう答え、ローザの心がふわりと温かくなる。差し出されたオーギュストの大きな手に、ローザはそっと自分の手を乗せた。大きく逞しい手だ。そのまま父親の足が庭に向き、父親にエスコートされて庭を散歩する。ローザの顔がほころんだ。

あら、ふふ、こういうのもいいですわね。

◇◇◇

こうしたオーギュストとローザの二人の触れ合いがひと月ほど続いた頃であろうか。ある晴れた日の午後、何気なくエイドリアンがあてがわれた客室から窓の下を見ると、オーギュストが庭で剣の稽古をしている真っ最中だった。ぐっと身を乗り出してしまう。

凄い……

エイドリアンは感嘆した。素人である自分の目から見ても、剣の達人であることが分かる。

そうだ、あのローザも父親に勝てたことは一度もないと言っていたっけ。

剣の動きは凄まじく速いのに、逆に体の中心部分の動きはゆったりと滑らかで、円運動を描く足さばきがまるで舞踊のようにも見える。人の動きは、極めると、こんな風に美しいと感じる形になるのかもしれない。そんな最中、部下らしき人物が、入れ代わり立ち代わりオーギュストの指示を仰ぎにやってきていることに気がつく。

もしかして、全部こんな風に同時進行なのか？　あれで彼はちゃんと休んでいるんだろうか？まぁ、ローザとの歓談は休憩になっているのだろうけれど……

夕食時にオーギュストの様子を盗み見るが、特別変わった様子はない。恐ろしいほどの存在感と静寂だ。味覚はやっぱり変化なしか？　ローザと一緒に過ごすようになってから、表情が柔らかくなったのは確かだけれど……

そこで、エイドリアンははたと気がつく。

表情が柔らかい？　もしかして……太陽のようなかつての輝きが失われたのは、それほどの艱難辛苦を味わったから？　あの冷たく鋭い面差しの意味は……

すうっと血の気が引いた。

自分はなんてことを言ってしまったのか……。以前は明るい太陽のようで、今は吹雪の夜。そうなりたくてなったわけじゃないのだとしたら？　それを指摘されて面白いわけがない。そうならざるを得なかった背景を、全く考えていなかった。

思っても口にすべきではなかったと、エイドリアンは今更ながらに後悔する。

――笑ってほしいか？

オーギュストはそう言った。

——作り笑いくらいいくらでもできる。だが、お前が気に入るような笑い方は忘れた。違う、忘れたんじゃない、できなくなったってことだ。求められてもできない辛さを、ドルシア子爵はああやっておくびにも出さない。今までそうやって生きてきたのだろう。強いけれど、あまりにも悲しい。どうして誰も頼ろうとしないのか……。いや、頼れないのか？　本心を打ち明けられる相手がいない？　いや、宰相閣下なら……

エイドリアンが二人の会話に耳を傾けると、社会情勢についてで……

駄目だ、こりゃ。完璧仕事の話しかしていない。まぁ、王と宰相の会話なら、これが普通なのかもしれないが……。情緒面がまるっと抜けているような気がする。それとも……ああ、周囲の目があるからか？　十分考えられる。ということは、うっかりここで個人的な話をしようものなら、ドルシア子爵の叱責が飛ぶってわけか。

あてがわれている客室に戻ってから、エイドリアンはローザに尋ねた。

「ローザ、ドルシア子爵の様子はどうだ？」

「あら、気になりますの？」

うふふとローザが笑う。

「そりゃぁ、まぁ……何か余計なことを言ったし……」

「ふふふ、大丈夫よ。父は怒っていないと思うわ」

「分かるのか？」

「ええ。とても楽しそう。今までできなかったことができるのが嬉しいみたいですわ。キリエのマドレーヌは旦那様の発案でしょう？　きっと感謝していると思いますわ」

そうだろうか？　だったら良いのだけれど。

「味覚は……」

「焦らないことですわ、旦那様。原因はストレスなのでしょう？　良い結果が出ると信じましょう」

ローザが笑い、エイドリアンもつられて笑う。

そうだな。自分が言い出したことなのだから、自分が信じなくてどうする。

それにしても、「旦那様」、か……いつまでそう言ってもらえるのかな。

そんなもう一つの問題が浮上し、寝入ったローザの顔を見つめつつ、エイドリアンはため息をつく。笑って別れを告げようと決心しているけれど自信がない。下手をすればローザにすがってしまいそうだった。笑う練習をしておいた方がいいかもしれないと、エイドリアンはひっそり思う。

第九話　あの夜をもう一度

エイドリアンは真夜中にふっと目が覚めた。

なんだろう、既視感？　以前もこんな感じで目が覚めて、横を向いたらドルシア子爵がいた。今もまた横を向くとドルシア子爵がいたりするとか？　ははは、まさかね。

そんな思いで、エイドリアンはごろりと寝返りを打ち、人影を目にして凍りついた。え？　まさか……本当に誰かいるのか？　そろりそろりと目線を上げると白い仮面が目に入り、ひっと喉が詰まった。やっぱりドルシア子爵？　なんでだ？　ギデオン皇帝がまたなんか仕掛けてきたとか？

「酒はいるか？」

オーギュストにそう問われ、エイドリアンは涙目だ。

はうあぁ！　普通に話しかけないで下さい！　心臓が口から飛び出るかと思いました！　そう叫びそうになるも、やはり文句は喉の奥へ消えた。エイドリアンは渋々ベッドから起き上がる。眠気など吹っ飛んだ。

「プルスト地方の当たり年、サン・グランの五百三十二年ものだ」

オーギュストが手にしているのはデキャンタだ。既にワインが注がれているところを見ると、わざわざデキャンタージュして持ってきたらしい。

そうですか。で、真夜中に晩酌？　客室に忍び込んでまで？　気配を消しているから本当、怖いですよ。せめて明日の朝にしていただけると嬉しかったです、はい。……と、言いたくても言えない。横手を見るとローザは熟睡している。起きる気配なし。ま、この方が平和か。

注がれたワインを口にすると確かに美味しい。極上の品だと分かる。一番美味しく呑めるよう調節して持ってきたのか。なんでまた……

「味覚が戻った」

オーギュストにさらっと言われて、エイドリアンはワインをぶっと噴きそうになる。

「つい、先程な。完全に、ではないが……味が分かる」

オーギュストが上機嫌でワインを呑み干した。

「それは、良かったですね」

自分の考えが上手くいったことで、エイドリアンはほっと胸を撫で下ろす。

「く、はは……あの時のお前の面は見物だったぞ」

はい？

「私に進言しながら、震えているのが傍目にも分かる。あれくらいの虚勢も張れないとはな……ふ、ははは」

それはあなたが規格外に怖いからです、とはやはり言えない。エイドリアンは黙ってワインを口にした。本当に美味しい。

「もう一度勝負をするか？」

オーギュストにそう問われ、エイドリアンが顔を上げると、彼は笑っている。

「毒入りの杯だ。もう一度やってみるか？」

「でも、必ず私が負けるのでしょう？」

「そうだ」

いや、そこで断言されても……

「選択させられている意味が分からないのなら、そうなる。ほら、選んでみろ」

オーギュストに二つのグラスを差し出され、片方を手に取れば、「何故それを選んだ？」とすかさず言われて戸惑ってしまう。

「特に理由は……」

ありませんと言いかけたエイドリアンの言葉は、喉の奥に消える。

「何故選ぶ必要がある？」

言葉を遮るようにして、オーギュストにそう言われたからだ。エイドリアンは混乱した。

「あなたが選べ、と」

「そう、確かにそう言った。何故それに従う必要が？」

「何故って、その……」

「その時点で負けている。相手の土俵で勝負？　馬鹿馬鹿しい。こう言えばいい。酒はこちらで用意すると。素直に選んだ時点でお前の負けだ」

「ですが……」

「両方毒入りだ」

え？

「いや、でも！」

「毒はグラスに塗ってある。呑み方に注意すれば毒を飲むことはない」

エイドリアンはあんぐり口を開けてしまった。オーギュストがふんっと鼻で笑う。

「マジックは種明かしをすると途端につまらなくなるな。いつだって種を明かせば単純なんだ。だが、人はそうやって騙される。選択させられるんだ」

エイドリアンは目の前のグラスを凝視する。

「……どうして教えてくれたんですか？」

「さあな。なんとなくだ」

なんとなく……。ドルシア子爵の機嫌がもの凄く良い。味覚が戻ったことがそれほど嬉しい？

まぁ、そうかも……。なにせ十六年もの間苦しんだのだから。

「何故お前は私の味覚が戻ると思った？」

オーギュストにそう問われ、エイドリアンは困ってしまった。これに関しては答えようがない。

自分でも分からないのだから。

「いえ、あー……確信があったわけではありません。ローザのためにと必死だったもので。むしろその……自分でもどうしてあんな台詞が言えたのか分かりません」

そう、本当に分からない。自分で自分の行動に戦々恐々としっぱなしだ。

「言わされたのかもしれんな」

「言わされた？」

「神の御心のままに」

神の……

「あなたは無神論者だと、ローザから聞きましたけれど」

エイドリアンがそう言うと、オーギュストが笑う。

「今はな。昔は違う」

「昔は信じていた？」

「そうだ。毎日の祈りを欠かしたことがない。信心深いと自負していたが、全てを失い、祈ることをやめた。神などくそくらえと、そう罵った。なのに……く、はは、祈りの文言を一言一句記憶している。全く、いつになったら忘れられるのか……」

ワインを口にしたオーギュストの視線が、ふっと窓の外を向く。煌々と満月が輝いている。美しい月夜だった。

「ボドワンは何故、私の身代わりになったのだろうな？」

「忠誠心かと……」

ボドワンはエイドリアンの父親だ。エイドリアンの言葉に、オーギュストが自嘲気味に笑った。

「全てを敵に回した王のために？　普通ならそんな選択はしない。王が王たる所以は、従う臣下あってこそだ。四面楚歌のあの状況では、たとえボドワンが身代わりになったとしても、私が王冠を取り戻せる可能性は限りなく低かった。つまり、無駄死にだ」

「でも、あなたはこうして帰ってきました」

「結果論だ。未来視をしたとでも？」

「あなたの未来を信じたのでは？」

「ああ、確かにボドワンもそう言った」

エイドリアンが首を傾げると、オーギュストが先を続けた。

「私を未来の王だと、そう言い切った。だから生きるべきだと、そう言って笑ったんだ。ありえんな。あんな状況で、四面楚歌のあの状況で、ボドワンは私の勝利を、復活を信じて疑わなかった」

「あなたがそれだけの人物だったんですよ」

「いや、私は諦めていたんだ、あの時既に」

オーギュストがふっと笑う。

「未来を信ずることができず、生きることを放棄していた。だから大人しく処刑台に上ろうとしたんだ。なのにボドワンがそれを止めた。生きろと、未来の王は私だと、そう告げた。まるで神の使者の如く。笑いながら処刑台に向かったボドワンの最期が、目に焼きついて離れない」

「神がそう言ったと？」

「真実は神のみぞ知る、だな」

オーギュストはそう言って取り合わない。

「何故お前達親子は私の選択に異を唱える？」

再び首を傾げれば、オーギュストが笑った。嘲りとは違う、本当におかしそうに。

「否と言えば是と言う。王に向かって、ははは、大したものだ。そして新しい未来を突きつける。己の間違いを知れとでも言うように」

オーギュストがワイングラスを掲げた。

「乾杯だ。お前達親子に」

そう言って目を細めた。

第十話　嫉妬の刃

王城にいる寵姫マリアベルは焦っていた。ローザを毒殺しようと王妃の名で何度贈り物をしても、訃報は入ってこない。つまり、毒物に気づかれているということになる。

早くなんとかしないと……

このままでは間違いなく寵姫としての地位を明け渡すことになってしまう。それだけは絶対に嫌だった。陛下の寵愛を失えば自分の権威は失墜し、華々しい舞台から引きずり下ろされてしまう。そう、今まで自分が蹴落としてきた女達のように……。ハインリヒは今や、高価な贈り物をダスティーノ公爵邸にいるローザにせっせと贈っていると聞き、矢も盾もたまらない。

ああいった贈り物は、以前だったら全て自分のものだったのに……悔しい……

マリアベルはぎりっと赤い唇を噛みしめた。平民だった頃から自分の美貌は武器だった。その武器を使って多くの男達を誘惑し、欲しいものを手に入れてきたのだ。

そうよ、私のものよ！　全部全部私のものなんだから！　こうなったら……直接毒を盛ってやる。あの女が毒を口にするところを見届けてやるわ！　絶対に殺してやる！

そうした決意を胸に、マリアベルは二人の護衛を連れ、ダスティーノ公爵邸に押しかけた。

「申し訳ありませんが……」

しかし、執事のセバスチャンにローザとの面会を拒否され、まなじりを吊り上げて詰め寄る。

「だったらあの女の寝室はどこ？　教えなさい！」

毒の後遺症で伏せっていると言われても、マリアベルは一歩も引かなかった。セバスチャンと玄関先で押し問答となるも、そこへ進み出たのが侍女のテレサである。

「わたくしがご案内いたしますわ」

そばかすの浮いた愛らしい顔には、いつものように人懐っこい笑みを浮かべていた。

「大丈夫、お任せ下さい。わたくしがお相手をいたします。さ、どうぞこちらへ」

「ふん、最初っからそうすればいいのよ。使用人如きが偉そうに」

背を向け歩き出したテレサに向かって、マリアベルが暴言を吐く。そのテレサの瞳が危険な色を帯びたことをマリアベルは知らない。知るよしもない。テレサの背中しか見えていないのだから。

「マリアベル様」

「何？」

「アディソン様のことは覚えておいでですか？」

「……誰よそれ？」

「あなた様に無礼を働いて投獄された、子爵令息のお名前です」

「知らないわ」

「そうですか、残念です。では、ファーノン様は？」

「知らない」

「では、メイスン様は？　こちらは処刑された者の名前でございますが……」

「う、煩いわね！　私に無礼を働いた者の名前なんかいちいち覚えていないわよ！」

「そうですか。でも、ご家族は忘れないと思いますよ？」

マリアベルの眼差しが険しくなる。

「あんた、何が言いたいの？」

「クリフォード・メイスンはわたくしの兄です」

テレサが足を止め振り向く。彼女の微笑みは変わらない。

「覚えていませんか、そうですか。あなたの護衛をしていた騎士ですのに、随分と薄情ですこと。あの当時、兄はあなたに言い寄られて迷惑しているとこぼしておりましたが、それを逆に言い寄られたと陛下に偽りの告げ口をして、兄を処刑させた。兄に袖にされたのが気に入りませんでしたか？」

マリアベルは肩を怒らせ、怒鳴った。

「いい加減にして！　牢にぶち込むわよ！」

「左様でございますか。どうぞご自由に」

「なんですって！」

「できるものならという意味でございます。あら、まぁ、護衛も連れていないとは随分と不用心ですわね」

「え？」

テレサの言葉にマリアベルが後ろを振り返ると、連れてきていた二人の護衛が姿を消している。

「ちょっと、アラン！　ロバート！　二人共どこにいるのよ！」

「きっとお休みになられたんですよ。あなた様と同じように……」

くすくすと笑うテレサの声を最後に、マリアベルは意識を失った。手刀を打ち込まれたがゆえだと、彼女が気がついたかどうか。

次にマリアベルが目を覚ました時には、天蓋付きのベッドに横臥しており混乱した。ぷんっと油絵の具の匂いがする。部屋の様子には見覚えがあった。城内にある情夫アーロンの専用アトリエである。彼は王室画家の一人で、その一角に設けられた休息場だ。

いつの間にここへ？

ふと横手を見ると、同じように誰かが寝ている。

「アーロン？」

手をかけて肩を揺すると、ごろんとその首が落ち、マリアベルは悲鳴を上げた。歯の根がガチガチと合わない。ベッドから転げ落ちるようにして逃げ出そうとするも、尻餅をついたその背が誰かとぶつかった。振り仰いで目にした人物に、マリアベルは腰を抜かしそうになる。

「へ、陛下……」

マリアベルの背後に立っていたのは、確かにハインリヒだった。体躯は大きいが、顎髭を生やした頬骨の浮いた顔は、不健康そうである。酒宴三昧の日々を送っているからかもしれない。

「アーロン？　誰だ、そいつは？　ん？」

にやりとハインリヒの口角が上がる。

「優秀な部下がいてな、お前の裏切りを教えてくれた」

ハインリヒの言葉に、マリアベルは心底慌てた。

「私は、う、裏切ってなど！」

「そうか？　ここはアーロンとかいう男のアトリエではないのかな？」

からかうような口調だが、猛烈な怒りを感じる。これはまずいとマリアベルは思った。ハインリヒは嫉妬深い。言い寄られたという話だけで、相手の首を切ってしまうほどだ。もし他の男に体を許していたと知られれば、寵姫である自分ですらどうなるか分からない。

「ち、違いますわ、陛下。私も何が何やら……」

これは事実だ。ダスティーノ公爵邸に行ったはずが、どうしてここにいるのか、全く理解できなかった。

ハインリヒが煩わしそうに手を振る。

「ああ、いい。どうせ、お前はもう用済みだ」

「へ、陛下……」

「ローザ・バークレアが次の寵姫になる」

「ローザ……」

女である自分でさえも言葉を失うほど美しくて、妬ましかった。誰もが褒め称えるので、嫉妬心から修道院送りにしたいと画策し、陛下を煽ったのが仇になった？

「あ、あんな女のどこが……」

いいのですかと、言おうとしたマリアベルの言葉はかき消された。頬を張られた、いや、ハインリヒに殴られて倒れたのだ。血の味がする。口の中を切ったに違いない。

「あんな女？　無礼者め」

憎々しげな声音だ。自分に甘く囁いていた彼はもうどこにもいない。

「も、申し訳――」

「そうだ、これを死出の土産にやろう」

そう言って掲げられたのは、先程目にした情夫アーロンの生首である。マリアベルの喉奥から再び悲鳴が上がった。腰が抜けて立てず、それでも這うようにして後方へ下がる。少しでも生首から離れようとするように。

「どうだ？　気に入ったか？」

笑うハインリヒの顔が恐ろしい。

「お、お許しを！」

マリアベルは自分の末路を知り、恐怖した。ハインリヒが激高する。

「許さん。余をこけにしおって！　偉大な王たる余をだ！　さあ、地下牢で泣き叫べ！　後悔しろ！　処刑台に送る前にたっぷりと痛めつけてやる！」

マリアベルは青ざめた顔のまま首を横に振った。自分の末路が見えてしまう。マリアベルは半狂乱で、許して許してと泣き叫んだ。けれどもそれすらハインリヒに笑い飛ばされ、なすすべがない。

「ははは、さあ、泣き叫べ、後悔しろ！　余をこけにしたことをな！」

ハインリヒがマリアベルの髪を引っ掴み、引きずっていく。アトリエを出ると今度は近衛兵達に引きずられ、マリアベルは城の地下牢に入れられた。冷たくジメジメとした石壁には血の跡がこびりつき、拷問の凄惨さを物語っていた。マリアベルは目を剥いた。助けて、助けてと再び泣き叫ぶ。

マリアベルは自分が陥れた者達が拷問される様子をいつも嘲笑って見ていたので、これから何が起こるのか分かってしまう。あんな目には遭いたくない！

「陛下！　私は嵌められたの！　きっと誰かが偽の情報を――」

「ああ、煩い。黙らせろ」

拷問係が眉一つ動かさずにハインリヒの命令を実行する。

「さあ、私を楽しませろ」

にたにた笑いながらハインリヒがそう口にし、マリアベルの顔から血の気が引いた。

ハインリヒが同じ穴の狢だとマリアベルが気がついたかどうかは分からないが、ハインリヒの残虐性に恐怖したことだけは確かだ。

マリアベルは鞭に悲鳴を上げながら、一体誰がアーロンとの不義密通を知らせたのか、その疑問がふっと浮かび、しかし体に走る痛みでたちまち消え去った。悲鳴が嗄れ果てるまで泣き叫び、意識を失うと、ハインリヒが立ち上がる。

「三日後に処刑だ。それまで生かさず殺さず痛めつけろ」

拷問係にそう告げ、ハインリヒはその場を後にした。

「フェイン、よくやった」

「はっ」

マリアベルの不義密通を知らせた近衛兵のフェインをハインリヒが褒め称える。

王妃の弟であるフェインがマリアベルの裏切りを一体どうやって知ったのか、深く考えることもなく、ハインリヒは上機嫌である。褒美を取らせるとまで言い出した。一事が万事この調子なので、致し方ないのかもしれないが……

自分を守る兵達がどれほど入れ替わろうと、己の手で処刑させた臣下達が過去に自分を権力の座へ押し上げてくれた者であったとしても、ハインリヒが注意を払うことはない。

臣下とは王権の土台、王を支える力である。傍若無人に振る舞えば、それは己が首を絞める。その事実に一体いつ気がつくのか……

もし、苦言を聞く耳があったなら。

もし、不当な裁きに対する叫びを聞く耳があったなら。

いや、何よりも、自分を守る臣下達を人として見ていたのなら、今の状況がおかしいことに気がつけたかもしれない。ハインリヒに媚びへつらっていた者達が急速に姿を消し、新たな勢力が台頭してきている事実に……

そして、新たな臣下達は表面上は歩調を合わせ、ハインリヒを褒め称える。

だが、媚びへつらっていた者達と同じ物言いをしながらも、彼らの行動はあくまで抜け目がない。

ハインリヒを崇拝しているように見えて、実際は違う。もっともこれは、つぶさに彼らの行動を注視していなければ気がつかないのだが。

偽りの栄華に酔い、ハインリヒは今日も笑う。自分こそが偉大なる王だと声高に言う。目の前に死の鎌を突きつけられている事実にも気がつかずに。

第十一話　親子水入らず

「表が騒がしいですわ」

自分の名を呼び、ぎゃんぎゃんと騒ぐ女性の声を聞いた気がして、ローザは窓から外を見ようとソファから立ち上がりかけたが、オーギュストに腕を掴んで止められた。

「ああ、気にするな。蠅が一匹紛れ込んだだけだから」

ローザは不思議そうに首を傾げる。

「……誰が騒いでいるのか分かっているんですの？」

「ああ、お前をつけ狙っていた女だ。だが、ここまで愚かだったとはな……」

オーギュストがため息をついた。

「わたくしをつけ狙っていた？」

「気にしなくていい」

オーギュストの手が、ソファに座り直したローザの髪を撫でる。慈しみを感じさせる仕草だ。

今のオーギュストは例の仮面を着けてはいない。濃い陰影を描くオーギュストの顔は、いつものように妖しい美しさをたたえていたが、人を撥ねつけるあの冷たさは影を潜めている。

自分に向く眼差しが温かい。こんな風に感じる日が来るなんて……

ローザは嬉しくて仕方がない。

「美味しいですか？」

おずおずとローザが問うと、オーギュストが笑う。

「ああ、美味い」

オーギュストが今口にしているのは、ローザが作ったチョコレートだ。自分の好きな人に……小さい頃は親愛の情を込めて一生懸命作り、失敗に終わって、もう作らないとふてくされたあの日を思い出し、胸が熱くなる。

「旦那様に感謝しませんといけませんわね」

「そうだな、褒美を取らせよう」

オーギュストの味覚が戻ったことをローザが喜ぶと、オーギュストがそう答え、もう一つチョコレートを口にする。本当に美味しそうだ。ローザは顔をほころばせた。

父のこんな顔は初めて見ますわ。いつもどこか不機嫌そうで……ふふ、当たり前ですわね。何を食べても美味しいと感じられなかったんですもの。

「お父様は甘いものが好きでしたのね？」

「ああ。ブリュンヒルデとよくこうして茶を飲んだ」

「お母様も甘いものがお好きでしたの？」

「そうだな。子供が生まれたら菓子を焼いてやるんだと張り切っていた」

「お母様が……」

「『アルルの虹』の影響だろうが……お前もあの本が好きなんだな？」

「アルルの虹」は、ローザが父の書斎から持ち出した母の愛読書である。

「ええ、とても」

ローザはそう答えていた。

「ローザ、もう一度お前を抱きしめさせてほしい」

オーギュストがローザを引き寄せれば、ローザもまたおずおずと身を寄せる。父親に抱きしめられて温かい……。不思議と安心する。何も言わなくても、愛しているという囁き（ささや）が聞こえるよう。

じんわりとローザの目尻に涙が浮かぶ。

ええ、子が親に甘えるというのは、きっとこんな感じだったのでしょう。互いを思う気持ちは確かにあったのに、ボタンのかけ違いのようにずっとずっとすれ違って……。本当にこんな日が来るなんて思いませんでしたわ。

「民衆を味方につけろ」

オーギュストがそう囁く。

「真実が暴かれた時、ハインリヒがお前を自分の子だと偽る可能性がある。その際、お前が私の子だといくら証言させても、疑う者は疑うだろう。人というものは信じたいものを信じるんだ。だから、圧倒しろ。私の子だと身をもって示せ。私の血を確かに受け継いでいると証明するんだ。お前に心酔し、崇拝の対象となれれば、皆、こう言うだろう。聖王リンドルンの再来、オーギュストの子だと」

「お父様は……」

「そうだ。聖王リンドルンの再来、私はそう言われていた。お前もその称号を勝ち取れ。お前なら必ずできる。いや、そうさせてみせる。必ずな」

オーギュストがローザの額にキスをする。

「何をすればいいんですの？」

「矢切演舞を」

矢切演舞……自分目掛けて飛来する百本の矢を切って捨てる技ですわね。聖王リンドルンの逸話を再現したものですわ。聖王リンドルンは、敵が放った何百本もの飛来する矢の中をものともせず突き進み、仲間を救い出したという。

といっても、演舞を披露する場合は、大抵その物真似をして終わるだけですけれど。難易度があまりにも高く、再現できる者がいないので、単なる演技で終わってしまうようです。ですが、お父様もわたくしも、本物の矢でこれを実演できますわ。それをやってみせろ、と……

「矢切演舞は聖王リンドルンの武勇を示すもの。それを見せつければ、民衆は必ずお前に熱狂する。

私の時と同じように、聖王リンドルンの再来だともてはやすだろう。誰も、誰もお前の出自を疑う者はいなくなる」

オーギュストが再度ローザを抱きしめた。

「ローザ、お前の頭上に王冠と栄光を……」

彼の囁き(ささや)は熱を帯びて力強い。王座奪還まであと少し……

第十二話　建国記念祭

リンドルン王国建国記念祭は一年に一度の大祭で、最も華々しい日でもある。聖王リンドルンが建国した日であり、禍々(まがまが)しい魔女を討ち滅ぼした日だ。何ヶ月も前からこの大祭のために準備が整えられ、国民が総出でこの日を祝う。

「ローザ・バークレアはまだ到着せんのか！」

ハインリヒは苛ついていた。中央の席にハインリヒが座り、その左手側に王妃が座る。そして空席の右手側には寵姫(ちょうき)となるローザが座る予定であった。ハインリヒはどうしても苛つきを抑えられない。何度も空席に視線を送ってしまう。

ドルシア子爵め……

ハインリヒはギリギリと歯噛みする。

ここまで大人しく待ってやったのだ。信じてやった余の期待を裏切ったらただじゃおかない。ギデオン皇帝の要求を退けられなかったのなら、宣言通り首を刎ねてやる。

貴族席は既に満席で、民衆も大勢集まっている。準備は万端だ。ハインリヒが今一度空席に目を向けたところで、唐突に背後からかけられた声にぎょっとなった。

「落ち着かないか？」

泡を食って振り返ると、白い仮面を着けたオーギュストがそこにいた。漆黒のマントを羽織った姿は、華々しい建国記念祭には不似合いなほど禍々しい。ハインリヒが舌打ちを漏らした。

「……この無礼者め。許可なく王の背後に立つとは。ローザはどうした？」

「既に到着している」

「余の隣にいないぞ？」

「それは仕方がない。女は何かと準備に時間がかかる」

そう言って取り合わない。苛立ったハインリヒが声を張り上げた。

「衛兵！　何をやっている。この者を跪かせよ！」

そう指示を出すも、誰も動こうとしない。不審に思ったハインリヒが立ち上がろうとするが、すかさずオーギュストに肩を押さえられる。

「ああ、座っていろ」

力尽くで押さえられ、立ち上がろうとしても立ち上がれず、ハインリヒは目を見張った。

「アムンセルを処刑するとはな。実の息子も容赦なしか？」

侮蔑を含んだオーギュストの囁きに、ハインリヒは鼻白む。

廃太子となった第一王子アムンセルは、ハインリヒの側室だった自分の母親を殺したのかと詰め寄ってきたので、煩わしくなって処刑させたのだ。滅びの魔女の秘薬を飲ませたのでハインリヒが殺したと言えば殺したのだが、適合しなかったあの女が悪いと結論づける。

「……あんな出来損ない、余の子ではない」

ハインリヒはそう吐き捨てる。

「いや、確かにお前の子だ。唯一の」

オーギュストがそう囁く。じわりじわりとなぶるように。

「唯一？」

「そう、唯一だ。他の子は全員お前の子ではないからな」

「は、何を根拠に！」

「今のお前は無精子症だ」

「な、に？」

驚愕するハインリヒを、オーギュストが嘲笑う。

「噛まれたろう？　あの魔女に」

「魔女……」

「滅びの魔女の秘薬で魔女の力を得た女だ。お前はあれに噛まれたはず……。魔女に噛まれると子をなす力を失う、だから気をつけろ。聖王リンドルンの手記にそう書かれていたはずだが？　く、ははは、なんともお粗末だな。滅びの魔女を復活させるという大それたことをやってのけても、そういったことには注意を払いもしないのか」

「無礼者め！」

「は、笑止！　どちらが無礼だか……それが兄に対する口の利き方か」

「余に兄はいない。とっくに――」

「死んだか？　本当に？」

「衛兵！」

焦れたようにハインリヒが叫ぶも、やはり誰も動かない。オーギュストが嘲った。

「ああ、命じたところで無駄だ。ここにいるのは全て私の味方だからな」

「どういう……」

「お前の味方をしていた者は、ことごとくお前が自分の手で葬（ほうむ）っただろう？」

オーギュストが口角を吊り上げる。不吉な未来を運んでくる使者のようだ。

「何？」

「どうだ？　自分の首を自分で絞めた気分は。そう、お前自身が、お前の味方だった臣下の首を次々刎（は）ねた。ははは、見物だったぞ？　情報を操作されていることにも気がつかず、無実を叫び、許しを請う臣下をよくもまあ、ああまで簡単に見捨てられるものだ。もっとも、お前にとってはどうでもいい連中なのかもしれないがな。今も昔も……」

ハインリヒは、ふと嫌な予感を覚える。どこか聞き覚えのある声だったからだ。重厚で薔薇の芳香のように甘い……だが、聞き覚えのあるこの声の持ち主はいない。目の上のたんこぶだった兄オーギュストは、二十年も前に謀反の罪を着せて葬ったのだから。

そうだ、邪魔だった。

ハインリヒの中からふつふつと憎しみが湧き上がる。

目障りでしょうがなかった。周囲の賞賛を一身に浴びるあの存在が、太陽のようなあの明るさが憎たらしい。何度踏みつけてやりたいと思ったことか……

だが、剣の腕も頭脳も到底敵わない。いつだってやり込められるのは自分である。王太子だったオーギュストを慕う者は多く、次期王としての立場は盤石で、ハインリヒがどうあがいても揺らがなかった。それをひっくり返せたのは、滅びの魔女の秘薬のお陰……

そう、伝説上にしか存在しなかったあの秘薬を使って、臣下達にオーギュストへの敵意を植えつけてやったのだ。その結果、オーギュストを尊敬し慕っていた者達が手のひらを返したように彼を罵倒し、痛めつける側に回った。

あの時ほど愉快だったことはない。信じていた臣下達に裏切られたオーギュストの愕然とした表情は見物で、心底愉快だった。ざまあみろと罵り、これ以上ないほど痛めつけてやった。

なのに、オーギュストの誇りだけはどうしても剥ぎ取ることができなかった。「孤高の狼」――牢に拘束されたオーギュストにそんな渾名を付けた兵士を、ハインリヒはその場で切って捨てた。全くもって忌々しい。踏みつけても踏みつけても、なお、自分の前に立ち塞がるか……

オーギュストはハインリヒの肩を押さえたまま、ゆったりと前方を指し示した。そこには祭りのための舞台が用意してある。

「さあ、見るがいい、ハインリヒ。そら、役者があの事件を再現してくれるぞ。見るんだ。大人しくな。そうすれば、少しは延命できる」

ハインリヒは再度立ち上がろうとするも、肩に添えられた手はびくともしない。

「は、放せ……」

ハインリヒがそう要求するとオーギュストの手の圧力が強まり、ミシリと骨が軋む音が聞こえたような気がした。ハインリヒから声にならない悲鳴が漏れる。軽く押さえているようにしか見えないのに、万力で締め上げられているかのようである。これ以上抵抗すれば肩の骨を折られる、そう危惧したハインリヒは抵抗をやめた。周囲が反応しない以上、どうしようもない。

開会の宣言を待たず、演劇が披露された。それは二十年前に起こった真実を示すもの。前国王をハインリヒが斬り殺し、直後に駆けつけたオーギュストを仲間に捕らえさせ、謀反人に仕立て上げた。そこに登場する人物全てが実名である。

「これが二十年前の真実である！」

騒ぎ始めた民衆にそう声高に叫んだのは裁判官の一人で、それに倣うように次々司法を司る貴族達が立ち上がった。

「オーギュスト殿下は無実だ！　我らが証言しよう！」

目の前の舞台では魔女の血という眉唾ものの事実は伏せられ、その代わりに王室を取り巻く陰謀がまことしやかに語られる。事実と虚偽を織り交ぜ、二十年前の真実は、民衆が最も理解し受け入れやすい形で作り上げられていた。つまり、ハインリヒが虚偽の証言者を仕立て上げ、オーギュストは謀反の罪を着せられたのだと説明したのである。

「でたらめだ！」

当然ハインリヒは抵抗する。

「でたらめではありません！」

その声にかぶせるように高位貴族の一人が叫んだ。

「虚偽の証言をした者達が今ここにおります！　あなたに虚偽の証言をするよう強要された者達だ！　家族の命を盾に取られ、泣く泣く証言させられた！」

「強要などしていない！」

「あくまで罪を認めないのなら、裁きを覚悟で、私自ら罪を告白いたしましょう！　オーギュスト殿下は無実です！　前国王を手にかけたのは、ハインリヒ陛下、あなただ！」

証言者が次々と現れ、既にどうしようもない流れになっている。

圧政に苦しんでいた民衆は、この話に飛びついた。

民衆に紛れ込んでいたオーギュストの仲間が次々と国民感情を煽っていく。「オーギュスト殿下は生きている！　今こそ本物の王を玉座に！」と。最高の舞台と言えるだろう、民衆の期待と圧政に対する不満を煽りに煽っての登場だ。

「さあ、ハインリヒ。私の名は？」

オーギュストが仮面を取れば、そこにあったのは二十年前に葬ったはずの兄、オーギュストの顔である。すっかり面変わりしていたが、間違いようがない。

ハインリヒは驚愕に目を見開いた。

恐ろしいほどの美しい面差し……その迫力に圧倒される。

「あ、あに、う、え……」

ハインリヒの口から、掠れた声がこぼれ出る。腰を抜かさないのが不思議なくらいであった。不気味なほど優しい声でオーギュストが答えた。

「そうだ。帰ってきたぞ、地獄の底から」

「死んだはずだ！」

「死んだのはボドワン・バークレアだ」

オーギュストが忌々しげにそう告げる。

「さあ、チェックメイトだ、ハインリヒ。逃げ場はない」

玉座の傍に立つオーギュストの姿を認めた民衆達の中から歓声が上がった。

「オーギュスト殿下だ！」

最初にそう叫んだのは誰だったか、民衆が貴族達が次々それに倣う。

「オーギュスト殿下！　オーギュスト殿下！」

渾然一体となった叫びが周囲でうねる。

「どうだ？　四面楚歌になった気分は？　あの時と立場が逆転したな？」

周囲の大歓声に圧倒されて言葉を失うハインリヒに、オーギュストがそう言って笑う。それはまさしく嘲笑だ。

「ま、魔女の秘薬を？」

その一言に、オーギュストの視線に氷の刃が乗った。侮蔑である。

「使っていない。このうつけが！　人心掌握もできない愚か者に、王冠をかぶる資格などない！

さあ、明け渡してもらおうか、ハインリヒ。王としての地位と名誉を！　私から奪ったもの全てを返してもらうぞ！」

オーギュストに殴られ、ハインリヒは無様に玉座から転がり落ちた。

「衛兵！」

ハインリヒが再三呼びかけてもやはり誰も反応しない。侮蔑の眼差しを向けられるだけである。

「エヴリン！」

王妃の名を呼んでも同じ反応をされる。オーギュストが笑った。

「さあ、再戦といこうか、ハインリヒ？　そら、剣をやろう。もっとも、あの時のようなハンデはやらないがな。両手両足を拘束した囚人とやり合って面白かったか？　その状態ですら勝てず、部下に焼けた火かき棒で私の顔を殴らせた……はっ、この卑怯者が……」

「衛兵！」

「ああ、無駄だ、やめろ。耳障りな声を聞くのもうんざりだ。剣を取らないなら、それもいいだろう。一方的に切り刻むだけだ」

「ひっ、ひいぃ！」

剣を向けられ、ハインリヒはとっさに放り投げられた剣に飛びついた。

剣を構え、オーギュストの剣をなんとか弾いて抵抗するが、相手にすらなっていない。剣の腕が違いすぎる。ハインリヒは体に無数の傷を負いながらもどれも致命傷ではない。もちろん、オーギュストが手加減をしているからだ。殺さない、あっさり殺してなどやるものか、苦しんで苦しんで死ね！　そんな怨嗟の声が聞こえるかのよう。

「オーギュスト殿下！　オーギュスト殿下！」

圧倒的な力の差を見せつけられ、民衆達は歓喜した。鼓舞する声があちこちで上がり、大歓声となる。強い王はいつの時代も喜ばれるものだ。ましてや圧政で苦しんでいた民衆を救い出す英雄ならなおさらだろう。

ハインリヒの視界の端にブリュンヒルデの姿が映った。それは舞台の上に立つローザであったが、今の彼女は王太子妃だったブリュンヒルデの衣装を再現しており、遠目ではブリュンヒルデが帰ってきたようにも見える。

「ブリュンヒルデ！」

「名を呼ぶな。汚らわしい！」

肩を切り裂かれたハインリヒは、オーギュストの殺意に恐怖する。這うようにして後ずさり、舞台の上に立つローザの姿をじっと見据えた。

「あ、あそこにいる女はローザか？　まさか……」

「そうだ、ブリュンヒルデが産んだ私の子だ」

「で、では、あの時の……」

ハインリヒは歓喜する。これで助かる、そう思ったのだ。

「ローザ・バークレア！　お前は余の子だ！　助けろ！」

ざわりと周囲が揺れる。それに合わせたように貴族席でエクトルが立ち上がった。

「彼女はオーギュスト殿下とブリュンヒルデ様の第一子！　ローザ王女殿下である！」

周囲のざわめきがさらに大きくなる。

「違う！　余の娘だ！　お前達も知っているだろう！　オーギュストが処刑され、行方不明となるまでのひと月の間、ブリュンヒルデはこの私の側室となった！」

「事実無根ですぞ！」

エクトルがそう叫び、王妃エヴリンもそれに倣う。

「そうですとも！　あなたはブリュンヒルデ様には指一本触れておりません！」

「ははは、そんな戯言を誰が信じるものか！」

「ええ、そうでしょうとも！　袖にされた腹いせに、あなたが虚偽の噂を触れ回ったのですから！」

エヴリンの叫びにハインリヒは目を剥いた。

「何を！」

「ああ、お可哀想なブリュンヒルデ様！　既にオーギュスト殿下の子を宿していたにもかかわらず、尻軽女と周囲から責め立てられて心労を抱え、それが元で命を落とされた！」

エヴリンの悲しげな演技に民衆は同情した。寵姫に入れあげて国を顧みない王よりも、やはり民衆は自分達に寄り添ってきた王妃の言葉を重んじる。

「その証明を望む者はいるか！」

再び響いたのはオーギュストの重厚な声だ。民衆の注目が一身に集まる中、朗々たるオーギュストの声が告げた。

「ならば証明してみせよう！　ローザが私の娘だと！　私は聖王リンドルンの再来！　彼の御業を継ぎし者だ！　そしてローザもまたその御業を受け継いでいる！　さあ、見るがいい！　今一度お前達に披露しようではないか！　奇跡の御業、矢切演舞を！」

オーギュストが手にした剣を振り上げると、熱狂的な大歓声が上がった。

矢切演舞。それは聖王リンドルンの伝説的場面を再現したものだ。降り注ぐ矢の中を駆け抜け、味方を救い出した英雄的行為として、また、彼の驚異的な力を示すものとして、民衆の中に深く根付いている逸話である。

三つの子供でも、「矢切演舞」と言われれば聖王リンドルンを思い浮かべるだろう。

そして近年、その再現を本当に行えた者は、オーギュストただ一人であった。代々の王達は、矢切演舞の模倣を披露するだけにとどまった。雨のように降り注ぐ矢を次々剣で切って捨てるなど、普通は無理である。

それを初めて民衆の前で再現してみせたのが、当時のオーギュストだ。本物の矢切演舞を目にした時の民衆の興奮はいかばかりか。聖王リンドルンの再来だと、誰もが褒めそやした。それを目にした子供達が、今は大人になっている。

「オーギュスト殿下！　オーギュスト殿下！」

当然期待は高まって、興奮はいや増し、彼の名を連呼する。もう一度伝説を蘇らせてくれと、誰もが期待する。

オーギュストの合図で、待ち構えていた弓矢隊が次々に矢を放った。

壮観である。真っ直ぐに伸びた舞台の上を降り注ぐ矢を切って捨てつつ、オーギュストが風のように駆け抜ける。風に舞う漆黒のマントが不思議な余韻を残した。舞台の端から端まで駆け抜け、落ちた矢はことごとく真っ二つだ。

わあっと歓声が上がる。

「聖王リンドルンの再来だ！」

誰かが叫び、オーギュストと聖王リンドルンの名が交互に叫ばれる。オーギュストが手を挙げて静寂を求めれば、誰もがぴたりと口を閉じた。場を静寂が支配し、民衆の視線がオーギュストに集まる。オーギュストの王としての風格がそうさせるのか、一呼吸一呼吸、彼の動きに民衆がついてくる。

「もう一人！」

オーギュストがローザに向かって手を差し伸べた。

「聖王リンドルンの血を継いだ者がいる。さあ、見ろ！　オーギュスト・ルルーシュ・リンドルンとブリュンヒルデ・ラトゥーア・リンドルンの間に生まれた第一子、我が娘、ローザ・リリエラ・リンドルンの勇姿を！」

行け、ローザ。度肝を抜いてやれ！

そう囁いたオーギュストに、とんっと軽く背を押される。

小さい頃から修練してきた技だ。まさかこの時のためのものだったとは思いもせず、ローザは不思議な思いに囚われる。ローザが剣を手に所定の位置に立つと、弓矢隊が一斉に弓を構え、オーギュストの合図で矢が放たれる。

飛来する矢を次々払いながら、ローザが軽やかに駆け抜けた。

一糸乱れぬ華麗な拍子に合わせて、飛来する矢は残らず真っ二つだ。迫力よりも可憐、勇姿というより優美な女神の舞を見ているようで、それこそ誰もが魅せられた。美しいと皆がそう思っただろう。猛者の代名詞のような矢切演舞を行っているのが、黄金の輝きを持つ美女という点が、さらに神秘性を盛り上げた。

見事な演舞にその場がしんっと静まり返った中、誰かが叫んだ。

「ローザ王女殿下ばんざい！」

そこで一気に静寂が破られた。わっと歓声が上がる。

「ローザ王女殿下ばんざい！　ローザ王女殿下ばんざい！」

多くの者がそれに続いた。

「さあ、ハインリヒ、次はお前の番だ」

そうオーギュストに言われ、ハインリヒが目を剥く。

「で、できるわけ……」

「ほう？　ローザを自分の娘だと言い切ったくせにか？　逃げることは許さん。お前が口にしたことは虚言だと身をもって示せ」

首根っこを引っ掴まれ、引きずられる。オーギュストよりも体の大きなハインリヒが形なしだ。まるで子供のようにあしらわれてしまう。

「よせ、やめろ……嘘だ！　嘘なんだ！」

ハインリヒは怯えた。矢切演舞は祭りの儀式だが、演舞者を殺したい者にとっては絶好の場にもなってしまう。降り注ぐ矢は通常、演舞者の体を避けて飛ぶように放たれるが、もし弓矢隊の中に殺意を持った者が潜んでいた場合、矢は真っ直ぐ演舞者に向かって飛ぶことになる。今のハインリヒに味方はいない。どうなるか簡単に予想がついてしまう。そう、放たれる矢は確実にハインリヒを狙うだろう。

ハインリヒは涙ながらに懇願した。

「ブリュンヒルデは余を拒み続けたから、あれが余の娘であるはずがない！　頼む、やめてくれ！　嘘だ！　あ、あれは余の娘ではない、あ、兄上の子で間違いない！　嘘なんだ！　助けてくれ！　頼む！　嘘なんだ！」

「聞け！」

オーギュストの声はよく通る。

「我が娘を自分の娘だと偽った！　この虚偽の王の告白を許す者はいるか！」

オーギュストが民衆に向かってそう問うと、一瞬しんっと静まり返るも、誰かが叫ぶ。

「制裁を！」

多くの者達がそれに続いた。

「そうだ制裁を！」

「制裁を！　偽りを許すな！」

「制裁を！　制裁を！　制裁を！」

民衆達の中から怒号が巻き起こる。オーギュストがにいっと笑った。

「だ、そうだ。ハインリヒ。行け。でないと民衆がお前をリンチにするだろう」

「ひばああああああああああああああああ！」

ハインリヒは蹴り飛ばされ、矢の降り注ぐ場所へと身をさらすことになった。弓矢隊は容赦なくハインリヒに向かって矢を放つ。狙う場所はハインリヒの手足である。殺すな、オーギュストにそう命じられていたから、彼らは忠実にそれを守った。

腕の良い弓矢隊は狙いを外すことなく、ハインリヒの手足を貫いた。何本もの矢が刺さり、それでも槍兵に前進することを強要される。民衆の罵声（ばせい）の中、ハインリヒはよろよろと進んだ。

「見ろ！　偽物だ！」

「そうだ、虚偽の王だ！」

「偽りの王に制裁を！」

誰かが石を投げれば、後に続く者が次々現れる。

「制裁を！　制裁を！」

血まみれになりながらも、ようやく舞台の端に辿り着いたハインリヒは、そこで待ち構えていたオーギュストにすがりついた。

「助けてくれ……頼む、兄上……半分でも血の繋がった兄弟だ……慈悲を……」

「……お前にかける情けなどない、このたわけ！」

無情に切り捨てられ、再度蹴り飛ばされる。

「命乞いができるだけ、お前はまだ幸せだ」

オーギュストの目が冷たく光った。

「いずれ殺してくれと泣き叫ぶことになる、必ずな……本物の地獄をそこで味わえ。真の拷問の前には、誰もが殺してくれと言うようになるんだ」

そんな宣言を最後にハインリヒは気を失った。衛兵がそれを引きずって運んでいく。オーギュストがローザに手を差し出し、彼女がその手を取れば、再びわっと周囲が沸いた。

「オーギュスト陛下ばんざい！」

「ローザ王女殿下ばんざい！」

民衆の熱狂の声はなかなかやむことがない。新政権の始まりである。

その様子を貴族席で静かに見守っていたエイドリアンは「おめでとう」と誰に言うでもなく口にすると、そっとその場を後にした。

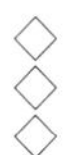

建国記念祭は予定通り三日三晩行われた。

その間、ローザは王女としての務めに忙殺され続けた。新政権の始まりなのだ。誰もが新国王となったオーギュストとローザに目通りをと願い出る。親子としての会話もままならないまま、建国記念祭が無事終了し、ローザはそわそわと落ち着かない。

「あのう、お父様、エイディーはどちらに？」

建国記念祭が終了した翌日のこと。ようやく落ち着いて父オーギュストと対面できたローザが尋ねる。

エイディーに会いたい、ローザは切にそう願った。

きっと皆と同じように祭りを楽しんでくれたのだろうとは思うけれど、真っ先に駆け付けてくれると思っていた予想が覆(くつがえ)され、どうしても落ち着かない。おめでとう、ローザ。そう言ってくれる彼の顔を見たいと、切望していた。

「バークレア伯爵は、もう、お前の夫ではない」

オーギュストにそう告げられて、ローザは目を見開き、ぽかんと立ち尽くした。予想外の出来事に頭が真っ白になってしまう。

もう、エイディーは夫ではない？

「婚姻無効を申し立てて、既に受理されている」

オーギュストの言葉がじわじわと身にしみて、大混乱だ。

「で、では、あの……」

「そう、伯爵夫人の役目をお前がこなす必要はもうない。バークレア領地はお前の手がなくても回っていくだろう」

ローザは呆然と突っ立ち、そして、うなだれた。

何故でしょう、胸が痛いですわ。

こぼれ落ちそうになる涙をぐっとこらえる。

――好きでしたら、そう……離れて寂しく感じるのではありませんか？

そんなマデリアナの声が耳に蘇る。ローザは唇ときゅっと噛みしめた。

寂しい、どころではありませんわ。これではまるで、体の一部をもがれたかのよう……

――愛している、ローザ。

彼の声が耳に鮮明に蘇る。懐かしくて温かい。

「もう、エイディーに会えないんですの？」

声がどうしても震えてしまう。

「そうだ」

オーギュストにそう言葉を返され、ローザはぽつりと呟く。

「……華麗に離縁されてしまいましたわ」

ぽっかりと胸に空洞ができたかのよう。

「ローザ、お前はどうしたい？」

そう問われ、ローザがのろのろと顔を上げると、オーギュストと目が合った。笑顔である。

「お前の望みは？」

再びオーギュストに問われて、ローザは目を見開いた。なかなか口を利くことができない。

「……初めてですわ」

ローザは茫然自失のまままそう呟く。

「うん？」

「お父様に初めて聞かれました。どうしたいか、なんて……」

オーギュストは一瞬虚をつかれたように目を見開き、破顔した。

「ふ、はははははは！　そうか、そうだったな！　今まで聞いたことがなかったか！」

今まで一度も聞いたことのない父親の明るい笑い声に、ローザはどうしても驚きを隠せない。

「ええ、一度も……」

呆けたようにそう言葉を返すと、オーギュストが自嘲気味に言った。

「なるほどな。真のうつけは私というわけか。こんな簡単なことにさえ気がつかなかったとは……。

なら、今一度聞こうか。お前はどうしたい？」

そう問うたオーギュストの笑みは、不思議なほど温かい。

これが同じ父だろうか？　ローザは、ぼんやりとその顔を見返した。まるで雪解けの春のよう……。

風雪にさらされ、ようやく芽吹いた花は雄々しく逞しく、それでいて美しい……

「主人と……いえ、エイディーと手を取り合って生きていきたいですわ」

「なら、そうするがいい」

「え、でも……」

「馬か馬車、どちらがいい？　用意してある」

オーギュストに案内された先には、護衛達に囲まれた立派な馬車と、鞍を着けた白馬が待ち構えていた。美しい馬だ。日の光に輝いて、白い馬体が発光しているようにも見える。優しい眼差しがまるで天女のよう。

「私の愛馬だったサザンクロスの血統、プリシスだ」

オーギュストがそう説明する。

お父様は全部予想していた？　でも、こうしてわたくしの意思を聞いて下さった……

父親のこうした変化の一つ一つが嬉しくてたまらない。ローザの口元が自然とほころび、涙がこぼれてしまう。

「エイディーがわたくしの伴侶に？」

歓喜に震える声でそう尋ねると、オーギュストが笑う。

「そうだ。連れ帰ってこい」

「バークレア領地は……」

「甥がいるだろう？」

「ウォレンはまだ四つの子供ですわ」

「お前が育ててやればいい。それまでは代官を置く」

「本気ですのね？」

「ああ。どんな困難な道も、私が切り開いてやるとも。安心して行ってこい」

「行ってきますわ！」

ええ、必ず！　必ず連れ帰ってきますわ！

ローザが白馬にまたがり駆け出すと、護衛兵達が後に続く。

エイディー、覚悟なさいまし！　絶対に逃がしませんわ！

第十三話　愛の告白

「ご領主様が変？」

厩舎（きゅうしゃ）にいたリーナは、仕事仲間のボブの発言に眉をひそめた。ここはバークレア伯爵領地にある村で、リーナは村長の娘である。見た目はショートカットの快活そうな少女だ。彼女は皆の相談役になることが多く、今も持て余し気味の領主エイドリアンの様子を、こうしてボブが相談にやってきたというわけだ。

「そうなんですよ。ため息ばっかりつかれて……」

リーナが厩舎から出ると、牧場にはエンペラーにまたがったエイドリアンがいる。額に流星のある黒馬のエンペラーは駿足を誇る一流馬だ。美貌のエイドリアンがこうして立派な体躯のエンペラーにまたがると、やっぱり惚れ惚れする。なのに、意気消沈しているのが丸分かりで、またがっているエンペラーまでしょげているように見えてしまう。まるで、どんよりとした雨雲を背負っているかのようだ。一体何があったのか……

「奥方に逃げられたんだよ」

説明したのは、エイドリアンの私兵となったベネットだ。すぱすぱ煙草を吸いながら、どこか投げやりである。落ち込んだエイドリアンを扱いかねているのかもしれない。

「はあ？　逃げられた？」

リーナが素っ頓狂な声を上げる。

「そそ。はっはー、ざまあみろ！　とか言って、からかってやろうとしたけど、できなかった。あーあ、あそこまで落ち込まれるとなぁ……参るよ。凹みすぎてるとからかうこともできやしねぇ……」

ベネットがため息交じりにばりばりと鈍色の髪をかく。無精髭は相変わらずで、服装も同じくだらしない。リーナの眉間に皺が寄った。

「お前なぁ、もうちょっとデリカシーってやつを持てよ。でも……なんで？」

「あのねーちゃん、王女様だったんだ」

「はい？」

「建国記念祭であれを見た時は俺もぶったまげたけどよ、あの奥方はな、王女様だったらしい。んでもって、あのハインリヒっつー横暴な国王が断罪されて、新しい王が王座に就いたんだけど、あの奥方はその新しい国王の娘だったんだよ。だから、ほら、もう少しすると、新政権の始まりを知らせるお触れが国中に行き渡って、大騒ぎになると思うぞ?」

「あの頼りになる奥方が王女……」

リーナがぼんやりと呟く。

「そそ、あのやり手のねーちゃんが王女様。あー、あのご領主様だけでやっていけるのかねぇ? ちょい不安だ。また盗賊に逆戻りはゴメンだぞ?」

リーナは厩舎から引っ張り出した馬にまたがり、エイドリアンに近づいた。

「ご領主様、競争するか?」

「あ、いや……」

リーナが提案するも、エイドリアンはやっぱり冴えない返事だ。リーナはべしんとその肩を叩く。

「いいから、ほら。あんたがしょげているとエンペラーまでしょげちまう。元気出せ!」

リーナが馬の腹を蹴って駆け出すと、エイドリアンも一応その後を追ってくる。すると、どこからか二人に追いついた白馬が、横手を並走し始めた。

「ほーっほっほっほっ! 逃がしませんわぁ!」

さらに横手の騎手の高笑いだ。エイドリアンはぎょっとした。

「ロ、ローザ!」

立派な白馬にまたがり、金の髪をなびかせた美しい女性は見紛うはずもないローザだ。

「どうしてここに！」

「あら、迎えに来たんですのよ！」

「迎え？」

「ええ、離縁されてしまったので、結婚を申し込みに来ましたの！」

ローザの言ったことの意味が分からず、エイドリアンは首を傾げてしまう。

「え？」

「結婚式は王都で！　準備がありますので一年後！　いいえ、父のことですから半年と経たずに準備を整えてしまうかもしれませんわね！」

「いや、ちょ……」

「ほほほ！　待ちませんわ！　さあ、お返事を！」

「返事……」

「愛してますわ、エイディー！」

ローザの乗った白馬に追い抜かれてしまう。エンペラーを追い抜く馬……相当な名馬に違いない。

慌ててエイドリアンがそれを追いかける。

「ドルシア子爵……いや、陛下はなんて？」

再び横に並んだエイドリアンがそう問うと、ローザは涼しい顔だ。

「あら、気になりますの？」

「あ、当たり前……」

「ほほほ、返品は不可だそうですわよ？　いいえ、もし、断れば全身全霊で報復するとおっしゃっていましたわぁ！」

エイドリアンは目を剥いた。背筋に悪寒が走る。

「洒落になってない！」

「父は常に有言実行です！」

「なお悪いぃ！」

「あら、わたくしがお嫌い？」

ローザの微笑みに悩殺されそうになる。手に入れたいと切望した金の女神だ。返事など考えるまでもない。

「好きに決まっている！」

「なら、返事を！　さあ、きりきりなさいまし！」

エイドリアンは笑った。心の底から。

「ローザ、愛している！　結婚してほしい！」

「決まりですわぁ！」

ローザの乗っているプリシスが、さらに速度を上げる。

「いや、ちょ、ま……普通、ここで抱きしめるとか！」

「ほほほ、掴まえてご覧なさいまし！」

「その馬！」

「いっとう早い馬を父が用意して下さいましたの！　名馬中の名馬だとか！」

「オーギュスト陛下が見立てた馬ぁ？　いや、ちょ……」

エイドリアンは目を剥いた。

エンペラーでもついていくのがやっとの馬ってどんだけだよ！　主人が怪物なら、乗る馬も怪物なのか？　この先ずっと陛下に振り回されそうな嫌な予感が……

「エイディー！　競争ですわぁ！」

笑うローザの顔が愛おしい。その笑顔が眩しくて嬉しくて、エイドリアンは、まぁ、いいか、なんて思ってしまう。どれだけ振り回されても、ついていけば良い。それだけのことだ。それだけの価値が彼女の微笑みにはあるのだから。

速度を上げたプリシスにエイドリアンが追いすがる。ようやくローザを抱きしめることができたのは、かなり経ってからだ。牧場を何周したか分からない。

「ローザ、愛している」

彼女を抱きしめたまま、エイドリアンはそう囁いた。

ローザとエイドリアンが一緒に厩舎へ戻ると、子守と一緒だったウォレンが飛んできた。ローザが抱き上げてキスをすると大喜びだ。

「あ、そうだ。ウォレンは……」

「あら、もちろんお城で一緒に暮らしますわ」

彼の処遇をエイドリアンが問うと、ローザがさも当然というような顔をする。

「い、一緒に？」

「ええ、領主として立派に育ててみせますわ。ウォレンが次のバークレア伯爵になりますのよ。エイディーが馬の手解きをなさいまし」

「私が？」

「ええ、馬に関しては誰よりも詳しいですもの。適任ですわね」

そう言って笑うローザの顔は、やはり聖母のよう。

「聞いたよ、奥方は王女様だったんだってな？」

栗毛の馬にまたがったリーナが近づき、苦笑交じりにそう言った。エイドリアンに馬の競走を持ちかけたものの、当初から置いてけぼりを食らい、今の今まで蚊帳の外だった。駿足を誇るエンペラーと、名馬中の名馬であるプリシスの競争ではどうしたってそうなる。

ローザは艶やかに微笑んだ。まさしく咲き誇る白薔薇だ。

「ええ、そうですわ。ふふふ、でもバークレア領地は見捨てませんから、ご安心を。領民の安全はこれからもきっちり確保させていただきますわ」

「そっか、そりゃ良かった」

リーナがほっとしたように言う。

「なんにしても、ご領主様が元気になって良かったよ。ご領主様のため息が重くて重くて、こっちまで気が滅入って参った」

「あら、そんなに落ち込んでいましたの？」

「そりゃあ……」

リーナの指摘にローザが笑うと、エイドリアンがもそもそとそう口にする。

「ふふ、でも、お別れも言わずに消えた罰ですわね」

ローザがつんっとすましてそう言った。

「……お別れを言うと、みっともなくすがりそうだったから……」

やっぱり立つ瀬がないといった雰囲気である。

「ほほほ、すがってもよろしくてよ」

「いや、それは、ちょっと」

「情けない旦那様が好きですもの」

「それもなぁ……」

「なら、がんばって格好良くなって下さいまし。期待していますわ」

ローザがふふふと笑う。

「ああ、そうだな。君に相応しい男になってみせるよ」

エイドリアンがローザを引き寄せ、その唇にそっとキスをする。


ローザと一緒に王都に帰って登城し、今度は陛下と謁見だ。エイドリアンはそわそわと落ち着かない。エイドリアンが戦々恐々としていると、ローザに笑われてしまう。

「堂々となさいませ。父は許して下さいました」

「あ、ああ、分かっている」

エイドリアンはごくりと喉を鳴らした。

両開きの扉が衛兵によって開かれ、謁見の間に入る。国王となったオーギュストを目の当たりにして、エイドリアンはやはり度肝を抜かれてしまう。

ずらりと臣下達の並ぶ最奥に彼はいた。

素顔を隠す仮面はもう存在しない。紫地に金の装飾が施された豪奢な衣装を身にまとい、玉座にゆったりと腰掛ける姿は、まさしく王そのものだ。王者の貫禄と迫力ある美貌はそのままで、深い英知を宿す瞳に柔らかさが加わって、視線が惹きつけられる。目が離せない。

エイドリアンはふっと不思議な感覚を抱いた。温かい？　以前のような冷たさが消えている。そんな気がしたのだ。

「国王陛下、ただいま馳せ参じました。ご尊顔を拝しまして、この上ない喜びにございます」

「褒美は気に入ったか？」

ローザの隣で片膝をつき、臣下の礼を執ったエイドリアンに、オーギュストがゆったりとそう語りかける。重厚かつ柔らかな声は耳に心地いい。

「褒美？」

「私の宝をやったろう？」

ローザのことだと気がつき、慌てて再び頭を垂れる。

「恐悦至極、幸せでございます」

「返品は不可だ」

オーギュストに笑ってそう言われてしまう。不思議だ。やはり温かいと感じる。

「あの、陛下……でも、その、どうして……」

「褒美だと言ったろう？」

「ですが、なんの……」

「お前は私に未来の風を運んできた。その礼だ」

未来の風？

「私が失ったものは味覚だけではない。未来を信じる心をも失っていた」

オーギュストが相好(そうごう)を崩す。

「それを取り戻すためには、あの時点で、お前が指し示した道へ一歩踏み出す、それがどうしても必要だった。今になってみれば、それがよく分かる。だが、そういった分岐点に立った時、誰もがそのことに気がつくわけではない。さあ、飛び出せと語りかける声を聞く者だけが、新しい未来を手にできる。お前は確かにその声を聞き、私に正しい道を指し示した」

「私はそんな大それたことは……」

「そうだな、意図してやったことではない。分かっている。だか、そんなものだ」

「そんなもの？」

「未来の風を運ぶ者は皆そうだ。天の意思に意図せず従う。心の働きがそうさせる。未来を信じる心が、それを可能にするのだろう。ボドワンのように」

「信じる心……」

「それが新しい未来を開いた」

オーギュストが目を細めた。まるで眩しいものを見るように。

「見事だ、礼を言う」

「そん……恐れ多い！」

エイドリアンが肩を縮めると、オーギュストが軽快に笑った。

「く、ははは。お前は自分の価値を全く分かっていない。まぁ、得してそんなものかもしれんな。奇跡を起こす者は、自分が果たした功績に気がつかない。そんなものだ」

オーギュストが玉座から降り、エイドリアンとローザの眼前に立つ。楽にしろとの指示で立ち上がったエイドリアンは、国王となったオーギュストをまじまじと見てしまう。こうして他を圧倒する迫力は変わらないのに、以前よりも雰囲気が柔らかい。包み込むような温かさを感じる。太陽のような灼熱ではなく、もっと穏やかで温かい。これは慈愛……そう、まさしく慈愛かもしれない。

「ローザ？」

オーギュストが両手を広げると、ローザは喜んでその胸に飛び込んだ。

「お前の微笑みはどんな宝石にも勝る」

オーギュストがローザを抱きしめながらそう口にする。以前なら決して見られなかった光景だ。

「娘を泣かせるな？」

「そ、それはもう！」

一瞬、オーギュストの瞳に冷たい氷の刃を見た気がして、びしいっとエイドリアンが直立不動の姿勢になる。以前より雰囲気が柔らかくなったと感じたものの、怒らせるとやはり以前の彼を目にすることになるようだ。肝に銘じよう、エイドリアンは心底そう思った。

第十四話　純白の花嫁

ローザとエイドリアンの結婚式は約四ヶ月後に開かれた。部下を総動員して間に合わせたようだが、恐るべき速度だ。王太子の結婚式ともなれば、普通は準備に最低でも一年はかかる。

「ローザ王太子殿下、綺麗です……」

「お母様、素敵です……」

ランドルフ男爵家の次男ニコルと次期バークレア伯爵のウォレンの両名が、純白の花嫁衣装に身を包んだローザを前に、うっとりとそう言った。ニコルはエイドリアンの元婚約者セシルの弟で、既に七つになり、大分背が伸びている。五つになったばかりのウォレンのいい遊び相手になりそうだ。

ローザの花嫁衣装に使われているレースは、ポルトア伯爵夫人が手がけたものだ。今や一流のレース職人となっていた彼女の腕前は、どうやらオーギュストも認めるものだったらしい。きっとこの先、王室御用達のレース職人になるのだろう。

ローザの美しい顔を縁取る金の髪は日の光の如く、碧(あお)い瞳は神秘的で美しい。浮かべるその微笑みは聖母のよう。月の女神かはたまた精霊か。その美しさを称え、「白薔薇の君」そんな呼称を口にする者もいた。

「ローザ王太子殿下、おめでとうございます」

控え室までやってきたマデリアナがそう言って笑う。淡い水色のふんわりとした可愛らしいドレスが、彼女をよりいっそう愛らしい人形のように見せていた。

「ふふ、ありがとう」

「わたくし、花嫁姿のローザ王太子殿下を描こうと考えておりますの。許可をいただけますか？」

マデリアナの申し出にローザは顔をほころばせる。

「あら、あなたに描いてもらえるのなら、こんなに喜ばしいことはありませんわ。ふふ、あなたを王室画家に指名したいくらいですわね。あなたは稀に見る才をお持ちですもの」

ローザがそう褒め称えて笑う。

「あら……それは光栄ですわ。是非ご検討を」

マデリアナもまたコロコロと笑う。やはり人形のように愛らしい。

そこへオーギュストが姿を見せた。

扉を開けた近衛兵が国王の登場を重々しい口調で知らせると、その場に緊張が走る。侍従達は頭を下げ、侍女達はスカートの裾を持ち上げ、淑女の礼をする。

オーギュストが歩き、ふわりと空気が動けば、薔薇の芳香がしたような気がした。張り詰めた空気の中、周囲がさわさわとした熱気に包まれる。憧れと陶酔……オーギュストの存在はどうしてもそういった熱を呼び起こすらしい。病弱であったオーギュストの弟アベルと宰相のエクトルがその後に続き、さらに仮面卿の護衛であったゴールディとレナードの二人が続く。

「お父様！」

「綺麗だ、ローザ。お前の美しさに敵う者はいない」

オーギュストが目を細めて笑い、ローザの顔が喜びに輝く。

「ローザ王太子殿下、ご結婚おめでとうございます」

そう告げたのは王弟のアベルである。優しい面立ちの若者だ。ベッドの上で過ごすことが多く、本ばかり読んでいたせいか、少々世間知らずな面もあるらしい。

「ありがとうございます、アベル王弟殿下」

彼が兄オーギュストが生きていることを知ったのは王座を取り戻した後で、もっと早くに会いたかったと泣かれたらしいが、これればかりはどうしようもない。続いて進み出たのがエクトルだ。

「ローザ王太子殿下、おめでとうございます」

「ありがとうございます、宰相様」

エクトルの祝福にローザが答え、ふと思いついたことを口にした。

「宰相様は、エレナ様のことをどう思っていらっしゃいますの？」

「どう、とは？」

ローザの問いに、エクトルがきょとんとする。なんのことだか分からないらしい。

「彼女はあなたのことが気になるようです」

ローザにそう言われ、エクトルは今度はぽかんと口を開けた。

「ええ、何度もエレナ様からそういった相談をされましたわ。エレナ様にとって、宰相様は言い寄る男達から守って下さるナイトなのだとか。ふふふ、宰相様は若い方におモテになりますのね」

「お戯れを。ははは、これは参りましたな」

エクトルが困ったように笑って頬をかく。本当に困っているようだ。ローザもまた笑った。咲き誇る薔薇のような艶やかな微笑みである。

「わたくしの時のように憧れ、という可能性もありますけれど、どうか子供扱いだけはしないであげて下さいまし。彼女はそれをとても気にしていましたから」

ローザがそう口にすると、エクトルはかしこまって承知した。

ええ、優しい方ですものね。どんな結果になろうと、無下にはなさらないでしょう。

「陛下、発言をお許し願えますか？」

オーギュストの前に進み出て、淑女の礼を執ったのはマデリアナだ。

「許す」

「先程、ローザ王太子殿下からわたくしを王室画家に指名したいとのお話をいただきました。その時は是非、陛下をモデルにさせていただきたいのですが……」

マデリアナの熱い眼差しは、やはり恋する者のそれだ。ローザは内心目を丸くする。

あらあら、本当に父にご執心ですのね。でも、父の美麗な顔が曇りましたわ。

「……私は自分の顔が嫌いなんだ。見ると虫唾が走る」

オーギュストのその発言に、マデリアナが驚く。

「どうしてですの？」

マデリアナがそう問うと、オーギュストはくしゃりと自分の黒髪をかき上げた。そういった仕草ですら周りから感嘆のため息が漏れるのだから、もうどうしようもない。

「うんざりと言った方が正しいか……鏡を見る度に思う。この顔はまるで呪いのようだと。絵のモデルにされようものなら、見たくもないものを見せられているようで気分が悪い。だが、そうだな。ローザを一緒に描くのなら許可しよう」

「え、ええ！　喜んで！」

マデリアナの顔がぱっと輝いた。

「わたくしはお父様の顔が好きですわ」

ローザがそう言うと、オーギュストが笑う。

「なら、好きになる努力をしようか」

ローザは目を細めてその顔を見つめた。

不思議ですわ。温かい。

「まるで雪解けの春のよう……」

「うん？」

「ふふ、あんなに怖かったのが嘘のようね。ええ、好きですわ、お父様の顔が。こうして笑って下さるのが嬉しい」

「お前の微笑みには到底敵わないがな」

オーギュストがローザの額にキスをする。

「ローザ、そろそろ式が……こ、これは、陛下！　ご機嫌麗しゅう！」

真っ白い花婿衣装を身につけたエイドリアンが控え室に顔を覗かせるも、いるとは思わなかったオーギュストの姿を見つけ、慌てて姿勢を正した。

オーギュストがローザの手を取って立たせ、その先をエイドリアンに譲る。

「唯一無二の光、私の宝だ。粗末にするな？　約束を違えた時は容赦しない」

「き、肝に銘じます」

「なら、行け。皆が祝福するだろう」

オーギュストに背中を押され、エイドリアンはローザと共に控え室を後にした。近衛兵達に先導されつつ、美しいレースの花嫁衣装に身を包んだローザを伴い、エイドリアンは大聖堂へと向かう。ベールを持つ役目のニコルとウォレンがその後に続いた。

「いまだに慣れないな……」

大聖堂までローザをエスコートしつつ、エイドリアンがぼそりと言う。

「あら、まだ父の前でどきどきしますの？」

ローザが可愛らしく小首を傾げた。

「陛下の素顔が慣れなくて……殺人的な美貌、よく分かる」

「ふふ、仮面を着けた顔の方がよろしいんですの？」

「慣れている分、あっちの方がましかも……」

「また会えますわよ」

ローザの言葉に、エイドリアンは首を傾げてしまう。

「あら、だって、仮面卿が急にいなくなってしまったら、裏社会のバランスが崩れますわ。当分、仮面卿の名は残りますわね。ですから、また、仮面卿にも会えますわよ」

「いや、ちょ、会いたいわけじゃ……ま、まさか、裏社会の方に出没するってことか？」

「さあ？　父の気が向けばありえますわね」

ローザがくすくすと笑う。

「影武者じゃなくて？」

「父の代わりをできる方がいるとでも？」

「……いないな」

エイドリアンは即答していた。あんな迫力、常人には出せないだろう。彼の場合、仮面を着けていても存在感が凄まじい。他の誰かに同じ仮面をかぶせても、知っている者が見れば、一目で影武者だとバレるに決まっている。

「王としての責務と裏社会のボスを両立か……本当に凄まじいな」

「それが父ですのよ。不可能を可能にしてしまいますの」

ローザがふふふと笑う。

「わたくしもお手伝いしようかしら」

ふとそんなことを言い出して、エイドリアンを慌てさせた。

「はい？」

「白薔薇の騎士の姿で、悪人を成敗して回るんですの。あら、面白そうですわね」

「ちょ、待て待て待て！　剣を振り回す気か？」

「ええ、必要なら」

ローザが悪戯っぽく笑う。

「待ってくれ、君は王太子なんだぞ？　次期女王！　そんな必要……」

「あら、父は国王ですのよ？」

エイドリアンは目を剥いた。

「仮面卿は元々裏社会のボスだったろ！」

「わたくしはその娘ですわ」

「それで？　私は留守番か？　冷や冷やしながら君の帰りを待っていろと？」

「御者でいかが？」

「おうい！」

「エンペラーで逃走を手伝って下さってもよろしくてよ？」

くすくすとローザが笑う。

「……せめて新婚の間は大人しくしててくれ」

「ええ、分かりましたわ、エイディー」

エイドリアンがぐったりと言うと、ローザは花がほころぶように笑った。

荘厳な大聖堂には、招待された大勢の国賓達が集まっていた。最奥の祭壇に向かって真っ直ぐ伸びる道を、エイドリアンにエスコートされ、真っ白な花嫁衣装のローザがしずしずと進む。あちこちから感嘆の吐息が漏れた。美しい花嫁と花婿だと褒めそやす。

誓いの言葉を口にし、花婿が花嫁に接吻（せっぷん）すれば、わっと周囲が沸いた。国民に挨拶するべく、城のバルコニーからローザとエイドリアンの二人が顔を見せると、集まった民衆達から歓声の嵐だ。

「ローザちゃああああああん！　嫌になったら、ヴィスタニア帝国へ里帰りしていいんだからなぁあああああああ！」

という声は誰だか顔を見なくても分かる。間違いなくギデオン皇帝だろう。

「嫌にならない、よな？」

つい、そんな風に呟いたエイドリアンにローザが笑いかける。

「ええ、もちろんですわ、エイディー」

そう答えると、そっと身を寄せ、囁（ささや）いた。

「まずは初夜のやり直しからですわね」

エイドリアンは、はっとする。そうだ、やり直せるんだ、あの失敗を……

「君ほど美しい人はいない」

エイドリアンはごほんと咳払いをし、そう告げた。あの時とは真逆の台詞（せりふ）である。

「あら、ありがとう」

「本当だぞ？」

「ええ、分かっていますわ、エイディー」

ローザが再びくすくすと笑う。エイドリアンが身をかがめ、ローザにそっと口づけた。人々の間から歓声と二人の門出を祝う拍手が巻き起こる。祝福の声に包まれながら、愛している、エイドリアンはローザにそう囁（ささや）いた。

第十五話　覚悟の先

異臭漂う薄暗い牢（ろう）の中、ふっとハインリヒは意識を取り戻す。格子の向こうにオーギュストの姿を認め、ハインリヒは歓喜した。これで助かる、そう思ったのだ。オーギュストのように善人ぶる奴は、すがれば必ず慈悲をかけようとする、そんな認識である。

何度も「兄上に会わせてくれ」と懇願（こんがん）した甲斐があった。ほら見ろ、のこのこやってきた。ハインリヒはそうほくそ笑む。

ぜいぜいという荒い息の下から、ハインリヒは急ぎ命乞いをした。

「あ、兄、うえ……た、助けて、くれ……た、たの、む……」

血と垢にまみれ、痩せ細ったハインリヒの手が何度も空をかく。オーギュストの表情は変わらない。なんでもない日常を見ているかのよう。

「ほう？　まだ命乞いができるか。随分と元気だな？」

面白そうに笑った顔はいっそ優しく見えるほどだ。思わずその顔に見惚れそうになったハインリヒは、内心で呪いの言葉を吐く。

全くもって忌々しい……

こんな薄暗い牢獄の中にあっても、彼はこうして異彩を放ってやまない。そう、謀反の罪を着せ、捕らえた牢獄でどれほど痛めつけようと、どうしてもこの輝きだけは消せなかった。踏みつけても踏みつけても輝くものは一体なんだったのか……

嫉妬心と対抗心がむくむくと胸の内で再燃するも、それを押し隠し、ハインリヒは兄であるオーギュストに媚びへつらった。

「頼む……頼む……助けてくれ……慈悲を……羨ましかったんだ、兄上が……」

すがればなんとかなる、そんなハインリヒの浅はかな考えが、オーギュストの浮かべた笑みに覆される。それは、ぞくりと悪寒が走るような笑みで、まさしく嘲笑だった。いつの間に彼はこんな笑い方をするようになったのか……

ハインリヒは、ごくりと唾を飲み込んだ。

いや、思い返せば再会したあの時、既にオーギュストはこういった笑い方をしていた。その事実に思い当たる。自分の身に降りかかった災厄に動転し、今の今まで無意識にその事実を脇へ追いやっていたが……

ハインリヒは自分の記憶とのあまりの違いに戸惑うしかない。

蔑み、嘲笑、オーギュストはそんなものとは無縁だったはず……。彼の存在は眩く輝く太陽のようで、オーギュストは貴賤を問わず、分け隔てなく人々に接していたから、素晴らしい人格者だと、誰からも賞賛されていたのだ。あんなものは偽善だと、ハインリヒは内心嘲笑っていたけれど……

「……羨ましい？　お前は十分に恵まれていたと思うがな。王城で何不自由なく育ち、武力も知力も人並み以上にあっただろう？」

「兄上ほどじゃない」

ハインリヒはもそもそと反論する。

「私のようになりたかったと？　それでお前は何を望む？　何を成したかった？」

「王に……」

「私を蹴落とし、望み通り王になったな？　それで民を踏みつける圧政を敷いた。愚かの極みだ。私と同等の能力を持たずともそれは可能だ。必要ない」

「賞賛される王になりたかったんだ！」

「この、たわけ！」

ハインリヒが叫ぶが、オーギュストに一喝されてびくりと身を縮めた。

「お前の行いのどこに賞賛される要素があったというのか！　与えもせず見返りのみを求める。それは虚飾だ！　己を飾るもの。羨ましい、妬ましい、その底にあるものはなんだ？　何かを成そうとする志ではない！　ただただ己を高みに置こうとする虚栄心！　そんなものに私と同等の能力など必要あるものか！　それこそ無用の長物だ！　能力とは志のために使ってこそ意味がある！」

「愛されたかった！」

オーギュストの緑の瞳がすうっと酷薄さを増す。

「……父上はお前を愛したぞ？」

「兄上ばかりを優遇した！」

「王としての立場なら当然だろう。お前は子を平等に扱ったとでも？」

押し黙ったハインリヒに、オーギュストがたたみかける。

「平等どころか、その手にかけて殺した」

「あれが出来損ないだったからだ！」

「ああ、そうだろうとも。それがお前の価値観だ」

「何？」

「出来損ないはいらない、愛するに値しない、昔からそんな気持ちだったのだろう？　その思いが作り出した幻影だ。父上は間違いなくお前を愛していた。我が子を抱き上げる時の眼差し、それに愛を感じたことは？　お前が乗る馬を選んだのは父上だ。剣を初めて手にした時、その相手は誰だった？　父上だったはず。王の責務の合間を縫ってお前に会いに来ていた。愛されたかった？　どの口が言う！」

オーギュストが叩きつけた拳で牢の格子が変形し、その場にいた全員が度肝を抜かれた。

「お前が愛を返したことは？　言ってみろ！　城で働く者達に愛を返したことは？　臣下達に愛を返したことは？　愛は確かにあった！　多くの人の手の中に！　愛がなかったのではなく、お前が人を愛さなかっただけだ！　全てはお前の心が作り出した幻影だ！　このうつけが！」

しんっと静まり返る。水を打ったような静けさだ。牢番が兵士達が互いの顔を見合わせる。愛はあった……確かにそうかもしれない。誰もがそれに気づけるわけでもないが……

「……兄上に何が分かる」

悔しげにハインリヒが呟くと、オーギュストの口角が上がる。

「ほう？　なら、お前は私の気持ちが分かるとでも？」

そう返され、ハインリヒは目を剥いた。オーギュストの瞳はあくまで冷淡だ。

「できまい？　立場が全く違うのだから、それで当たり前なんだ。だが、自分はできなくても、人ができるのは当たり前か？　分かってもらえて当然？　一体どこまで自分本位なのか……」

「あ、兄上は偽善者だ！」

ハインリヒがそう叫べば、返ってくるのはやはり嘲笑だ。

「ふん、なら聞こう。善人とはどのような人間を言う？」

オーギュストにそう問われ、再び言葉に詰まった。善人などいやしない、全てまやかしだ。ハインリヒの認識はそうである。

だが、そう思ってはいても、それを口に出すことは憚られた。まやかしだと思っていても、善人だと褒められれば気分がいいからだ。

――陛下は素晴らしい！

――お優しくていらっしゃる！　実に慈悲深い！

――いやあ、大したものですな！

これを不快に感じる人間などいるものか。では、どう答えればいい？　悩むハインリヒにオーギュストが答えを突きつけた。

「答えられまい？　善を行ったことがないから、それを理解できないのだろう？　善を行う者には必ずやましい裏がある、そんな考えでは？　く、ははは。お前がどのように生きてきたのか、告白したも同然だな」

ハインリヒはぎりっと歯を食いしばった。

「……兄上は自分が善人だと？」

「笑えん冗談を言うな」

オーギュストの底冷えのする声に、ハインリヒの肌がぞくりと粟立った。思わず顔を上げ、ハインリヒはそこでぎくりとする。そこにあったのは氷の刃のような眼差しだ。まさしく仮面を着けていた頃と同じもの。自分に対する賞賛をおぞましい、オーギュストは心底そう感じているようで、ハインリヒは彼の思いを全く理解できなかった。賞賛を嫌がる人間なんているはずがない。なのにこれは一体どういうことか……

――ほう？　なら、お前は私の気持ちが分かるとでも？

分からない、分からない、分かるものか！

オーギュストの声が淡々と続ける。

「私は罪人だ。多くの命を奪った。そういった意味では、お前とさして変わらん。そしてこれからもそうするだろう。守りたいものを守るために。その対象がお前とは違うだけ。お前は自分の身を守るために己が手を血に染め、私は愛する者を守るためにこの手を血に染める。その道の先が、たとえ地獄に通じていようともな」

口の端を歪めて笑うオーギュストの顔は、不吉の影を宿しながらも不思議なほど美しい。その美しさが強さが妬ましい。ハインリヒは心の内で呪いの言葉を吐く。それが自分自身をも傷つける言葉であったとしても止められない。止め方を知らなかった。

「ベイ・バール」

「は、はい！」

オーギュストに突然自分の名を呼ばれた拷問係は、慌ててかしこまった。

度肝を抜かれるとはこのことか。生まれも育ちも卑しい、そんな自分の名を呼ばれるとは思わなかったのだ。蔑みを含み、普段は誰からも拷問係としか言われない。ベイ・バールは自分の名を呼ばれた試しがないのだ。

なのに、陛下は自分の名を覚えて？　どうしても手が震えてしまう。ベイ・バールの目尻に涙がじわりと浮かんだ。

「十日後に処刑だ。最終段階に入れ」

オーギュストに眉一つ動かさずそう告げられ、ベイ・バールは右拳を胸に当て、兵士の敬礼を真似てみせた。精一杯の敬意を込めて。

「承知いたしました！　オーギュスト陛下！」

ハインリヒは床に這いつくばったまま臍を噛む。

何故オーギュストは、こうも揺らがないのか。突き崩したはずが、葬ったはずが、何故以前よりも圧倒的な輝きを伴って戻ってきたのか分からない。拷問係でさえ、こうやってオーギュストに敬意を示す。何故だ、何故、皆オーギュストを認めて、自分を認めない？

「認めない！　認めない！　お前の存在など誰が認めるものか！」

悔しくてたまらず、思わずそう叫んだものの、オーギュストの背中を目にして、ハインリヒは慌てた。命乞いをするはずが、どうしてこうなったのか……

ハインリヒは掠れた哀れな声を張り上げた。

「待て、待ってくれ！　あ、兄上！　あ、謝る！　後悔している！　た、頼む、慈悲を！　あにうええええええええええ！」

オーギュストが振り返ることはない。哀れみを帯びた声が後方へ遠ざかると、地上へ続く階段を上るオーギュストの背に向かって、ゴールディが声をかけた。

「ジャック様、あー、いや、オーギュスト様」

「なんだ？」

振り向かぬままオーギュストが答える。

「オーギュスト様が死後地獄へ行くのなら俺も一緒に行きますよ」

「あ、俺も頼んます」

ゴールディの宣言の後にレナードも続く。

「……あれは、喩えだ。馬鹿者」

「でも」

「なぁ」

オーギュストが呆れれば、二人の護衛は顔を見合わせる。

「オーギュスト様ならやりかねないんで、先に言っておきます」

「そうそう、置いていかれちゃかなわないんで」

「……なら、地獄行きにならぬよう努力しよう」

ため息交じりにオーギュストがそう言うと、ゴリラのようにごついゴールディがにっと笑う。

「ということは、一緒に天国ですか？　それもいいですね」

「天国？　天使がいるんだろ？　それもちょっとなぁ……天使なんて憲兵と変わらない。小煩いに決まってる」

優男のレナードがそう指摘する。

「アウトローな天使がいるかもしれないぞ？」

「ああ、それならいいかもな」

ははは と笑い合う。あくまでも前向きな二人であった。

「そうだ、オーギュスト様。ジョエルの奴が仮面卿の帰りを待ちわびているみたいですよ？　どうするんですか？　オーギュスト様の力なしに裏社会を回していくのは、やっぱりきついみたいですぜ？」

ジョエル・ビクターは、仮面卿に代わって様々な交渉をする代理人のような男だ。顔色が悪く感情の起伏に乏しいせいか、死人のようだと揶揄されることもあった。

「……ハインリヒの処刑後に一旦戻る」

オーギュストのその返答に、ゴールディとレナードが水を得た魚のようになる。

「ははは、そうこなくっちゃ！」

「こんな場所にずっといたらカビが生えちまうもんな！」

「仮面卿の復活だ！」

ゴールディがそう叫ぶ。新たな歴史の幕開けであった。

第十六話　ツンなしデレ

エイドリアンは甘ったるい新婚生活を満喫していた。どうしてもにまにまと顔が崩れまくってしまう。なにせ、新妻のローザが可愛い。可愛すぎる。吸い寄せられるように朝に夕にとキスをすれば、ローザが初々しく恥じらってくれ、さらにデレデレだ。王配教育がどれほど厳しくても、全く苦にならない。

——叱られても嬉しそうなのは結構ですが、もう少し気を引き締めていただきたいものですわ、殿下……

教育係の呆れたような嫌みも聞き流してしまいそうになるほどで、いかんいかんとエイドリアンは気を引き締める。子供ができるまではと、陛下の計らいで王族の責務を免除されているので、日々の時間はローザとの甘々な新婚生活以外は、もっぱら王配教育にあてられている。ローザが女王として立つ時の下準備というわけだ。

ローザの方は女王として必要な教育を全て終えているので、エイドリアンよりさらに優雅だ。のんびりと好きなことをして日々を過ごし、ローザと過ごす時間が増えたウォレンはご機嫌である。お母様、お母様とまとわりついて離れない。

そんなある日、自室の文机でエイドリアンはせっせと手紙を書いていた。ローザへのラブレターである。綺麗な花柄の透かしの入った便箋と封筒は今回のために用意したもので、恋人同士のやりとりによく使われるものだ。

「伯父上、何を書いているんですか？」

ウォレンが背伸びをし、エイドリアンの手元を覗き込む。

「んー……ローザへの手紙、かな」

「お母様に？」

「そう」

エイドリアンが笑うと、不思議そうな表情を浮かべたウォレンと目が合った。くるくるの茶の巻き毛に血色の良い頬、利発そうな顔はとても可愛らしい。大きくなったらさぞモテるだろうと、今から親馬鹿丸出しだ。本当の親ではないけれど。

「お母様にならなら手紙ではなく、直接言った方がいいのではありませんか？」

はきはきとウォレンがそんなことを口にする。

「これはね、昔できなかったことを今しているから、これでいいんだよ」

エイドリアンはウォレンの頭を撫でて笑う。

だってローザへの恋文だからね、心の中でそう付け加えた。ローザとは付き合う間もなく結婚だったから、こういったやりとりをしたことがない。そんなことにふと思い当たって、一度くらいは、そう思ったのだ。

彼女への思いを込めて、一文字一文字丁寧に書き綴っていく。インクを乾かして封をした後は、手紙に香水を含ませ、花を添えた。準備は万端である。

喜んでくれると良いけれど……

そんな期待を胸に、エイドリアンは立ち上がった。

ウォレンを連れてローザを捜すと、庭園に咲き誇る素晴らしい大輪の薔薇を見つけた。もちろんローザのことだ。白薔薇の君、よく似合う呼称だとそう思う。身につけた白いドレスが、これまたよく似合っている。金の髪が日の光に映えて美しい。自分を見つめる碧い瞳はそれ以上に美しいが。

「いんやぁ、しかし、これまた立派な芋ができましたなぁ」

そんな庭師の声が聞こえ、エイドリアンは思わず足を止めてしまう。

芋？　芋……え？　また芋畑を作ったのか？　なんでまた……

エイドリアンが焦り気味に足を速めると、ローザがこちらに気がつき、微笑んでくれた。

「あら、エイディー、どうしましたの？」

長い黄金の髪がふわりと風に揺れ、やはり胸が高鳴ってしまう。彼女を前にすると、いつも何故か十代の若者に返ったような不思議な気持ちにさせられる。

ウォレンの小さな手がエイドリアンから離れて駆け出せば、いつものようにローザはウォレンを抱き上げ、つやつやほっぺに接吻だ。近い将来、弟か妹ができると良い、そんなことを思わせる光景に目を細めてしまう。

「その、今、芋がどうとか……」

エイドリアンの疑問に、庭師が答えた。

「へぇ！　変わった芋の苗を取り寄せたんです。それが素晴らしい出来で！」

「変わった芋？」

エイドリアンが聞き返すと、ローザが笑う。

「ええ、美味しいお芋のスイーツを作りたいと思いましたの。それで、スイーツに合う甘みの強い芋を育ててみましたのよ。こう、ねっとりとした食感が特徴ですの」

エイドリアンはほっと胸を撫で下ろす。

あ、お菓子ね。そういえば、菓子作りはローザの趣味だったな。

「これを君に」

「あら、お手紙ですの？」

その場でエイドリアンからの恋文を読み終えたローザは、うふふと楽しそうに笑う。

「ロマンチックですわね、エイディー。あなた、文才がありますわ」

「嬉しい？」

「ええ、とても」

ローザの頬がほんのり色づく。

うわぁ、可愛いぞ！

エイドリアンは平静を装ったものの、内心飛び上がるほど喜んでしまった。さりげなくローザの肩を抱き、引き寄せる。

「恋人同士の期間がなかったから、その真似事でもと思ってね」

「ありがとう、恋人のような夫婦もいいものですわね」

身をかがめ、可愛らしいローザの唇に接吻だ。すると、ローザの腕の中にいるウォレンの手が、いつものようにエイドリアンの髪をわしゃわしゃと撫で回す。焼き餅かと最初は思ったが、単純に気持ちがいいからだと今では知っている。エイドリアンは笑いながら、ぐしゃぐしゃになった髪を手で直した。


その翌日、エイドリアンはローザと郊外でピクニックを楽しむ計画を立て、ウォレンを連れてやってきたのだが……

なんで陛下がここにいるんだろう。

エイドリアンはそんなことをぼんやり思った。

出かける直前になって、ローザの外出を知ったオーギュストが自分も行くと言い出し、あれよあれよという間に準備が整えられ、今こうしてここにいる。国王の外出なので、ついてきた護衛の数も半端ない。ずらりと立ち並ぶ近衛兵に混じって、やっぱり例の護衛二人が睨みを利かせている。

ゴリラのような風貌のゴールディと、優男のレナードだ。

爽やかな緑の木立に囲まれ、煌めく湖が眼前に広がる中、エイドリアンは迫力あるオーギュストの美麗な顔に目を向けた。

風になびく艶やかな黒髪に、魅惑的な緑の瞳。こうして目にする美しい顔は、もはや芸術品だ。オーギュストは宰相閣下と同じ四十二歳なのだが、全然そんな風には見えない。年齢不詳という雰囲気が、いやが上にも神秘性を高めてしまう。

いや、いて悪いというわけではない。

エイドリアンは必死で笑顔を保った。

こうしてローザとの甘ったるい新婚生活を送れるのも、オーギュスト陛下の計らいのお陰だ。感謝している。もの凄く。ただ、どうしても彼がいると緊張してしまう。雰囲気は以前よりぐっと温かくなったけれど、やっぱり凄まじいまでの存在感と威圧感は変わらない。いろんな意味でオーギュスト陛下の存在は突出している。これは慣れる以外の道はないのかもしれない。

「はい、お父様、あーん」

で、先程からずっとこれだ。エイドリアンがいじけてしまう原因と言っていい。ローザが手作りクッキーを差し出し、それをオーギュストが口にする。羨ましい……

確か、以前にローザが熱心に読んでいた「親交を深める百の方法」という本にこんな描写があったけれど、あれはあくまで子供向けだ。何も大人になってからやらなくても、エイドリアンはそう思うも、その幼少期の交流を奪われた二人には何も言えない。

「美味しいですか？」

「ああ、美味い」

ローザが問えば、オーギュストが笑う。実に甘ったるいやりとりだ。ぱっと見、恋人同士のやりとりのようにも見えてしまうので、焼かなくていい焼き餅まで焼きそうだった。二人は親子親子、とエイドリアンは自分に言い聞かせる。

「伯父上、あーん？」

気を遣ってくれたのか、小さなお手々でクッキーをくれたのは、膝上に抱っこしたウォレンだった。くるくるの茶の巻き毛に、ぷにぷにほっぺとサクランボのような唇。あどけないその表情は、相変わらず愛くるしい。

可愛い。可愛いが、できればローザに……とは言えず、「ありがとう」と、エイドリアンは涙目でそのクッキーを頬張った。

うん、美味い。良い子だ。本当に良い子だ。立派な伯爵になるんだぞと、エイドリアンは心の中で声援を送りつつ、ぼりぼりと口の中のクッキーを噛み砕く。妙にしょっぱいような気がするのは気のせいか？

◇◇◇

「エレナ様と宰相様の様子はどうですの？」

「ああ、つい先日婚約したな」

オーギュストがそう答え、ローザは目を丸くした。

「あら、もしかして両思いでしたか？」

ローザが顔をほころばせる。木漏れ日の下、手作りのクッキーをローザが今一度差し出すと、オーギュストがそれを口にし、咀嚼した。自分の手作りクッキーを喜んで口にする父親の姿は、嬉しくて照れ臭い。

「さあな。エクトルの言いようがぐだぐだと煩いので、リトラーゼ侯爵に返事をせっつかせた。観念したんだろう」

オーギュストの返答に、ローザが驚く。

「お父様が二人をくっつけたんですの？」

「貴族の結婚などこんなものだ」

「エレナ様と宰相様のお二人が幸せなら、それでいいのですけれど」

「本人次第だろうな」

オーギュストがふっと笑う。

「お父様は？」

「うん？」

「その……再婚は？」

「……私はお前がいればそれでいい」

オーギュストの手が伸び、ローザの金の髪を撫(な)でる。緑の瞳が慈しみを帯びて温かい。

「でも……」

「心配はいらない。王妃不在でも、どうとでもなる。誰にも何も言わせるものか」

「そうではなくて……」

「お前がいればそれでいいんだ」

オーギュストがそう繰り返し、すっと立ち上がる。漆黒の衣装を身につけたその姿は、やはり人ならざる者が移動するかのよう。冷たさが消えても、身にまとう空気にはやはり圧がある。重厚で近寄りがたい雰囲気はそのままだ。

「叶うなら、お前の子を腕に抱きたい。こうやってな」

エイドリアンの膝上にいたウォレンを抱き上げ、オーギュストが笑う。

ローザはふと不思議な思いに囚われた。父は強い。他の追随を許さないほど強靭(きょうじん)だ。なのに、何故だろう、漆黒の衣装を身にまとった美しいその立ち姿は、堅固(けんご)な岩山のようでありながら、どこか儚(はかな)い陽炎(かげろう)のようにも見える。強さと儚(はかな)さが同居する、そんなことがあるのだろうか？

「陛下の髪は綺麗です……」

オーギュストに抱っこされたウォレンが、唐突にそんなことを言い出した。

「うん？」

「あ、こら、ウォレン！　やめなさい！　恐れ多い！」

エイドリアンが勢い良く立ち上がる。ウォレンが小さなお手々で、オーギュストの黒髪をぐしゃぐしゃにしてしまったからだ。ローザは噴き出しそうになった。髪に手を突っ込んでわしわしとかき回すのは、エイドリアンがよくやられていたが、それをまさか国王となった自分の父親にやるとは思わなかったのだ。

ウォレンは恐れ知らずですのね。

ローザはくすくすと笑う。楽しくて仕方がない。誰もが恐れ敬う国王に、一体誰がこんな風に接するというのだろう？

「ウォレン、こ、こっちへ……」

「ああ、いい」

エイドリアンの行動をオーギュストが止めた。

「私の髪が気に入ったのか？」

エイドリアンがハラハラする中、特に怒る風もなくオーギュストが言う。ウォレンがぱっと顔を輝かせた。聞いてもらえたことが嬉しいようだ。

「はい！　伯父上のは、よく耕した土みたいで、こうして触るとふわふわしています。陛下のは、まるで墨を溶かしたかのように真っ黒ですべすべで、とっても綺麗です！」

「ふはは、そうか！」

オーギュストがおかしそうに笑い、エイドリアンはビックリしたらしい。

「あれ？　陛下はこんな風に笑う、のか？」

よほど意外だったのか、呆けたように言う。

「ええ、雪解けの春よね」

ローザは改めて自分の父親に目を向けた。初孫を抱っこする時もこんな感じでしょうか？　ウォレンの遊び相手をしているオーギュストの様子から、未来の予感に心躍らせ、ふわりと微笑んだ。

その頃、王城のエクトルの執務室では、エクトルとエレナの二人が、丁度昼食をとっていた。エクトルが今口にしているサンドイッチはエレナが差し入れてくれたもので、侯爵家お抱えのシェフが腕によりをかけたという。
机上には元王妃であるエヴリンが育てた花が飾られている。彼女は今、王室付きの薬師になっていて、薬草園を管理する傍ら、自分で育てた花を、こうして兄であるエクトルの執務室に届けてくれている。以前、よく目にした光景だ。

「白薔薇の騎士現る？　まあぁ、素敵ですわ」

昼食の最中、唐突にエレナがそう言い、エクトルは口にしたサンドイッチをぶっと噴きそうになった。そしてぽかんとしてしまう。聞き間違いではない。

エクトルは急ぎ彼女の手から執務室に届けられたばかりの情報紙を取り上げ、ざっと目を通す。記事を見て、ひくりと口元が引きつりそうになった。

白薔薇の騎士と名乗る女性が、「ほーっほっほっほっ、成敗！」という高笑いを響かせながら、悪事を働いた男を木に逆さ吊りにしてのけたという内容だ。しかも、額に流星のある黒馬に乗った男に掻っ攫われるようにして姿を消したのだとか。

高笑い……白薔薇の騎士……額に流星のある黒馬……

どちらも覆面で顔を隠しているらしいが、どう考えてもこれは、ローザ王太子殿下とエイドリアン王子殿下……。ははは、見なかったことにしたい。

エクトルは胃薬を服用する自分を想像してしまう。

陛下も時々裏社会に戻っている様子だし、どうしてこう、陛下も王太子殿下もあちこちで暴れ回ってくれるのか……。圧政を敷いたハインリヒは処刑され、反勢力は綺麗に一掃されている。オーギュスト陛下の手腕で国は潤い、王室は平和なはずなのに、何故か胃が痛い……

エクトルはそっと自分の輝く頭に手をやった。どうしても残りの毛の寿命を案じてしまう。対して、手入れの行き届いたエレナの長い茶色の髪は艶やかで、恋する乙女特有の美しさがあった。

エレナが無邪気にはしゃぐ。

「エクトル様もご存じかしら？　毎年剣術大会で優勝を飾る白薔薇の騎士様は、とてもお強くてお美しくて、今や国中の女性達が夢中になっているんですの！　つい先日、ファンクラブなるものも設立されたそうですわ！」

「は、はは……そうですか……」

「もちろん、わたくしはエクトル様が一番ですけれど」

エレナがぽっと頬を赤らめる。二人は婚約したばかりだが、リトラーゼ侯爵の後押しもあって結婚は間近だ。

「しかし……エレナ嬢は本当に私で良かったのですか？」

エクトルがそう問う。

「私は決して見目麗しい若者というわけでは……」

エレナの元婚約者だったアムンセルは、かなりの美男子だった。そのことをエクトルが指摘すると、エレナが興奮気味に身を乗り出す。

「まあぁ！　何をおっしゃいますの。エクトル様は大人の包容力が魅力なんですわ。誰を相手にしても動じない。ええ、ええ！　カール殿下とパトリス殿下のお二方を諫めたあのお姿！　自分より権力のある方々を相手にしても、一歩も引かない知恵と勇気！　とてもとても格好良かったですわ！」

「そう、ですかな？」

自信なさげに首を傾げたエクトルに、エレナは張り切って頷いた。

「もちろんですわ！　ああ、夢みたい！　憧れのエクトル様と一緒になれるなんて！　エクトル様と比べたら、どんな男性も子供に見えてしまって仕方がありませんの！　まさに大人の包容力ですわ！　あ、口元が汚れていますわよ」

うふふと笑いながら、エレナがエクトルの口元をハンカチで拭う。妙に甲斐甲斐しい。周囲から見れば、もう既に甘ったるい新婚といったところか。エレナがこほんと咳払いをする。

「それより、エクトル様の方はどうですの？」

「どう、とは？」

「わたくしのことをその、どう思って……」

「そ、それはもう、可愛らしいですな！」

顔を真っ赤にし、エクトルがエレナを一生懸命褒める。

「お優しくて楚々として教養もある。私にはもったいないくらいですぞ！」

「うふふ、嬉しい……」

頬を染め笑う姿は本当に愛らしい。こちらもまた春満開である。

第十七話　それぞれの恋の予感に乾杯

――悪いことをすると、白薔薇の騎士に成敗されるぞ！

新政権が始まり、王都のお祭り気分がようやく落ち着きを見せた頃、ちまたではこんな言葉が流行文句になっていた。白薔薇の騎士は男装の美女だが世の中のどんな男性よりも凛々(りり)しいと、貴賤(きせん)を問わず女性に大人気で、彼女の記事が載っただけで情報紙が飛ぶように売れる。

「ほーっほっほっほっ！　か弱い婦女子に乱暴するとは許しがたし！　あなた方の悪事はまるっとお見通しですわ！　覚悟なさい！」

今日も今日とて、そう声も高らかに宣言したのは、白薔薇の騎士の格好をしたローザである。剣術大会で何度も優勝を果たしていた白薔薇の騎士は、元々平民の間でも人気が高かったが、こうして市井(しせい)で暴漢を懲らしめて回る彼女の姿に民衆は熱狂し、人気はうなぎ登りだ。

「誰だ！」

「あそこだ！」

仲間が建物の屋根を指差した。煌々(こうこう)と輝く太陽を背にすっくと立つその姿は、美麗なシルエット。風になびく長い黄金の髪は日の光に煌(きら)めいて美しく、剣を身につけ、白い騎士服に身を包んだ体は、理想の女性美を体現していながらも、あくまで凛々(りり)しい。

ひらりとローザが屋根から飛び下りると、貴婦人に乱暴を働こうとした男達が一瞬ひるむも、負けじと彼女を取り囲み、襲いかかってくる。

「なんだ、てめぇは！」

「やっちまえ！」

ほーっほっほっほっ！　と、ローザは余裕の高笑いだ。体術もまた父親仕込みである。

「はぁ！　成敗！」

どごん！　と派手な音が響く。男の一人が頭から家の壁に突っ込んだところであった。ローザの蹴り一つで、かの男が吹っ飛んだのである。その吹っ飛び方が尋常じゃないと気がついた暴漢達は目を剥いた。

「なぁ！」

「ちょ、今……」

「おま、おま、見たか？　今の！」

見るの見ないの大騒ぎである。ローザが一歩前へ出ると、気圧されたように男達が数歩下がり、一人がふと気がついたように叫ぶ。

「ちょ、こいつ！　白薔薇の騎士だ！」

「なにぃ！」

仲間の指摘に怖気づくも、引くに引けなかったか、次の瞬間、暴漢達が一斉にローザに襲いかかった。ローザの口元に浮かぶのは不敵な笑いだ。男達の攻撃をことごとく軽やかにかわし、それでいて突き出す拳には、一撃必殺の威力がある。「ふっ！　成敗！」とローザの攻撃を喰らった男は、派手に吹っ飛ぶといった有様だ。ファンの女性がいれば、間違いなく黄色い声が上がっただろう。

幾ばくも経たぬうちに、害虫……ではなく、暴漢達は全員叩きのめされていた。とどめとばかりにローザが「反省することですわぁ！」と高笑いを響かせながら、倒れ伏すチンピラの頭をぐりぐりと踏みつける。ハイヒールでないのが残念なくらいだ。

「さ、お嬢さん、家まで送りましょうか」

尻餅をついていた女性に颯爽と手を差し出す。と、そこで初めてローザは、絡まれていた女性が男爵令嬢のセシルであることに気がついた。そう、エイドリアンの元婚約者で、慰謝料をがっぽりせしめ……もとい反省を促した相手である。

護衛も侍女も付いていないことを見て取ったローザは怪訝に思う。平民の格好をしているのでお忍びなのだろうけれど、随分と不用心だ。手を差し出したローザを見上げていたセシルは、白薔薇の騎士に扮したローザを見つめたまま、くしゃりと顔を歪めた。

「どうして……」

「ん？」

「どうしてそんなに格好良いんですかぁ！　ずるいですぅ！」

セシルはそう叫び、泣き出した。

「白薔薇の騎士様は、私だって、私だって、好きだったんですぅ！　けどけど！　あんなに妖艶な美女が、精悍な白薔薇の騎士様だなんて、誰も思いません！　イメージが違いすぎますぅ！　どっちが本当なんですかぁ！」

「いえ、あの、どっちって……」

ローザは困り果て、ほほほと笑う。

「どちらかと言うと、『夜会の薔薇』の方が作ったイメージですわ。猫かぶりですのよ？」

だって、コネ作りのために楚々としたお嬢様を演じていただけですもの。ちっとも楽しくありませんでしたわ。

ローザは心の中でそう言い添える。

そう、自分は食いしん坊だ。美味しいものに目がない。なのに、イメージが崩れるので美味しそうな料理の載ったテーブルを横目で素通りせねばならず、可愛らしいお嬢さん達と仲良くしたくても、迫力ある女王気質のせいで逃げられる。

男達の下心満載の美辞麗句はうざったいのでぽい捨てしたかったけれど、媚を売れと父親に厳命されていたので、これまた追い払えない。ローザとしては文句たらたらだ。

セシルが呆けたように言う。

「じゃ、じゃあ、白薔薇の騎士様の方が素ですの？」

「ええ、まぁ……」

「な、なら、もしかして、そんなところにエイドリアンは惚れたんですか？」

え？　さあ？　ローザは首を捻ってしまう。エイディーの褒め言葉は大抵、聖母だの優しいだの、そんな言葉ばかりで、強い、逞しい、そういった言葉はない……。多分、違うのでは？　そう思うも、セシルは俄然勢いづいた。

「なら！　なら、女の魅力で負けたわけではありませんわね！　そうですわ！　白薔薇の騎士という部分に惚れたのなら、敵うわけありませんわよね！　白薔薇の騎士様は男の中の男ですもの！女である私が敵うわけありませんもの！」

何やらセシルは一人自己完結していた。ローザは再び逆側に首を捻る。男の中の男……流石にそれは女性に対する褒め言葉ではないのでは？　そう思ったからだ。

「あのう、セシル嬢……」

「なんですか！　白薔薇の騎士様！」

ローザを振り仰いだセシルは、キラキラとした眼差しだ。ストロベリーブロンドの髪の愛らしい顔立ちをした彼女は、既に夢見る乙女全開である。ローザを見る目が何やら熱っぽい。

「できればわたくしの正体は秘密、ということにしていただけると嬉しいですわ？」

「もちろんですわ、白薔薇の騎士様！　お約束いたします！」

ローザの頼みを、セシルは快く聞き入れてくれた。邪気のない笑顔だ。なのに一抹の不安を覚えるのは何故なのか……

「白薔薇の騎士様！　私、絶対幸せな結婚をしてみせますわ！」

ローザの心配をよそに、セシルは女としての自信を取り戻し、すっかり立ち直っていた。まぁ、本人が幸せなのが一番ですわねと、ローザはそう思うことにする。そう思う以外にない。夢見る乙女の暴走を、一体どうやって止めろというのか。妄想はほどほどに、ローザは心の内でそう呟いた。

この後、婚活しまくったセシルは、見事宣言通り見目麗しい騎士（少々難あり）をゲットするのだが、ローザがそれを知るのは彼女が二児の母親となってからである。

ヒュース・ワイアット伯爵はマデリアナが描いた絵を目にして、感嘆の吐息を漏らした。ローザに懸想していた若き伯爵ヒュースは、偽仮面卿事件をきっかけに急速にマデリアナとの仲を深めていた。ここは王城にあるマデリアナ専用のアトリエで、室内には油絵の具の匂いが充満している。

「素晴らしいですね」

「あら、ありがとう、嬉しいわ」

絵筆を手にしたマデリアナがにっこり笑う。彼女は今や立派な王室画家の一人である。今彼女が描いているのは、ローザとオーギュストが並んで立つ肖像画なのだが……これまた迫力がある。まるで生きているかのよう。魂を込めて描く、まさしくそんな表現がぴったりだった。

ヒュースが目の前の絵を見つめたまま、感嘆混じりに言う。

「ローザ王太子殿下は月の光を放つ女神のようですね。そしてオーギュスト陛下はそれと対を成す存在なのですから、本来なら太陽のようなと表現するのでしょうが、彼の場合はなんて言うか……」

「恐ろしい？」

マデリアナがずばりヒュースの心情を言い当てる。ヒュースが頷いた。

「ええ、はい。恐ろしくて美しい……。若かりし頃の彼の肖像画とは実に対照的だ。あちらはその、非の打ちどころのない人物に見えました。王としての威厳を持ちながらも、温かさと知性を持ち合わせた美貌の王子です。けれど……」

絵筆を動かしつつ、マデリアナが彼の心情を代弁する。

「こちらの方が魅力的、そう言ったら怒られるかしらね？」

「いえ、分かります」

ヒュースが神妙に同意した。

「父から聞いたオーギュスト殿下は、温かくて分け隔てがなく、王族としての威厳もあって、素晴らしい方だったようです。ですが、何故でしょうね？　以前の肖像画に映し出されたあの方より、今の方がさらに惹きつけられてしまう。不思議です。怖いのに目が離せない」

ヒュースは食い入るように目の前のキャンバスを見つめた。マデリアナが描き上げたローザとオーギュストの肖像画を……。黄金の髪を持つ女神の横に立つのは漆黒の麗人だ。その姿はまるで太陽が沈んだ夜のよう……。けれど、夜空に輝く星々のように荘厳で美しい。

マデリアナが人形めいた美しい顔に微笑みを浮かべた。首を傾げる仕草までもが作り物のよう。でもそれがかえって神秘的でもある。

「それが魅力というものですわ、ワイアット伯爵。火傷をすると分かっていながら人は手を出してしまうんですのよ。燃えさかる炎に身を投じる蛾のように……」

ヒュースが苦笑した。

「マデリアナ嬢、そろそろヒュースと呼んでもらえないでしょうか？」

「あら、ふふ、もしかしてアプローチですの？」

マデリアナが悪戯っぽく笑う。

「いけませんか？」

「わたくしのどこを気に入ったのでしょう？」

マデリアナが問い、ヒュースが答えた。

「はっきりとした物言いでしょうか?」

「女にしては出しゃばりでは?」

「私には出しゃばりなくらいが丁度いいんですよ、マデリアナ嬢」

「まぁ、ふふふ、ワイアット伯爵は、いえ、ヒュース様は寛大ですわね。考えておきますわ」

マデリアナは笑い、描きかけの絵に視線を戻した。

彼女の手がよどみなく動く。マデリアナの目には、既に追い求めるものが映っているのだろう。

そして、彼女が追い求め、その目に映すものを、キャンバスに描き出されて初めて、人は知ることができる。究極の美を追い求めてやまず、恋い焦がれて果てがないその熱情を。

「よう、元気か?」
ベネットが城の廊下を歩いていた侍女のテレサに声をかけた。元盗賊のベネットは今や国軍の一員である。雇い主のエイドリアンが王配となったので、こうして国に雇ってもらえたのだ。
けれど、鎧武具に身を固めた格好は相変わらずだらしない。無精髭を生やし、鈍色の髪はぼさぼさである。テレサはそばかすの浮いた人懐っこそうな顔をしかめ、その格好を上から下までじろじろ見回した。ついで、はぁっとため息をつく。

「相変わらずですのね」

「そっちもな。んで？　まだあの綺麗なねーちゃんの侍女やってんのか？」

テレサが手にしていた本で殴られそうになったベネットがさっと避けるが、すかさずすねを蹴り上げられた。

「いっ！」

ベネットは涙目でぴょんぴょん跳ねる。自分の十八番をこうしてやられると、なんだか妙な気分だ。気に入らない奴のすねを蹴り上げるのはベネットもよくやるのだ。テレサをただ者じゃないと思うのはこういった瞬間である。腰に手を当て、テレサがまなじりを吊り上げた。

「ねーちゃんじゃありません！　ローザ王太子殿下です！　なんて無礼な！」

「まぁ、まぁ、本人の前じゃ言ってないし」

「当たり前です！」

「で、ねーちゃ……おおっと、ローザ王太子殿下は元気か？」

二度目の攻撃をベネットが避けると、テレサが鼻息荒く答えた。

「もちろんですとも。お元気でいらっしゃいます」

「そりゃ良かった」

ベネットは掛け値なしにそう思った。なにせローザは恩人である。

あのねーちゃんに拾ってもらわなかったら、こうはなってなかったもんなぁ。

ベネットはしみじみそう思う。

バークレア伯爵領の私兵になるまでは傭兵稼業であちこちを転々とし、挙句は「銀ギツネ」などという盗賊団を結成して方々から食料を巻き上げた。散々社会の底辺を這いずってきただけに、感慨もひとしおである。仕事と衣食住を与えてくれたローザは、ベネットにとってはまさに救いの女神様であった。

「いやー、本当にここはいいところだ、うん。稽古はそれなりにきついが、衣食住が保障されているし、国が潤っているから平和でいい。あとは女がいればなぁ……」

ふっとベネットの視線がテレサに向く。

「な、ねーちゃん、恋人いんのか？」

「……あんたになんの関係があるわけ？」

「いやー、ほら、あんたいい尻してっから……」

ベネットがへらりと笑い、テレサが再びまなじりを吊り上げる。

「どこ見てんのよ！」

「どこって……ほら、女の魅力は胸と尻だし？」

テレサから飛んだビンタをさっと避ける。本気になればベネットの動きは素早い。テレサがじろりとベネットを睨みつけた。

「そういえばあなた、王都に入り込んだ盗賊の下見役を見つけたそうね？　それで、盗賊全員捕まえることができたとか……」

「ん？　ああ。そうだけど？」

ベネットがけろりと言う。

「へーえ？　あんた、ちゃんと仕事してるのね、意外だわ」

「そりゃ、クビになりたくねーもん。ほどほどにはがんばるさ」

そう、ほどほどに仕事をし、ほどほどに仲間と上手くやり、ほどほどに呑んだくれて、たっぷりサボる。それがベネットの楽しい日常である。サボるためなら努力を惜しまない、何か違う気もするが、ベネットの信条はそうであった。

「ほどほどにがんばる、ねぇ……もしかしたらそれ、できなくなるかもよ？」

テレサがにやりと笑い、ベネットがぽかんとした。

「はあ？　なんでだ？」

「エイドリアン王子殿下が、あんたを護衛騎士に取り立てるかもしれないからよ」

そんな話を小耳に挟んだのだと言う。

「はあぁ？」

ベネットには寝耳に水だった。

エイドリアン王子殿下って、元ご領主様のことだよな？

「ちょ、待て！　俺は元盗賊だぞ？　ありえねぇだろ、それ？　ご領主様はローザ王太子殿下の相方で未来の王配、国のトップじゃねぇか！　それが、それがそれが！　元盗賊を護衛騎士に取り立てるって……頭いかれてるぞ！」

テレサがふふんと笑う。

すからね？」

「あのねぇ、言っておきますけど。オーギュスト陛下の専属護衛騎士なんか、元海賊と元詐欺師で

「はいぃ？」

目を剥いたベネットを前に、テレサがにんまりと笑う。

「覚悟しなさいよ？　エイドリアン王子殿下の護衛騎士になったら仕事大変だからね？　サボるなんて無理よ無理。ちょっとでもへまをしたらクビかも？」

「いや、ちょちょちょ、嫌だぞ、俺は！　ほどほどがいいんだ、ほどほどが！」

「文句は王子殿下に言ってちょうだい？　じゃあねぇ？」

ほほほと笑いながらテレサが去っていく。いつもだったらその後ろ姿を目で追って「いい尻してんな、ひゅう、最高！」などと考えるところだが、今はその余裕もない。

ベネットはぼんやりと突っ立った。

嫌だぞ、俺は……

そんな思いが湧き上がる。普通なら大抜擢もいいところで大喜びする場面だが、ベネットは心底嫌だった。のんべんだらりと過ごせる今の暮らしを捨ててたまるかと憤慨する。

何事もほどほどがいいんだ、ほどほどが……

ありえないが、もしも万が一、王子殿下の護衛騎士の話が来たら即行で断ろう、ベネットはそう考える。そう、この時点では断れると軽く考えていた。まさか、国王であるオーギュストに勅命されるとは夢にも思わずに。

「国王様がこんなところにいらっしゃっていいんでしょうかね？」

からかうような口調でそう言ったのは、細身で眼光鋭い三十代くらいの男だ。高級そうな衣服に身を包み、洒落っ気があるのか、香水の香りがする。

チェス盤の載ったテーブルを挟んで向かいに座っているのは黒衣の麗人オーギュストである。国王として王室に返り咲いたにもかかわらず、以前と同じように白い仮面を着けていた。その手が駒を取り上げ、盤上にコトリと置く。

シャンデリアの光で照らされた豪奢な部屋には強面の男がずらりと並んでいて、室内の雰囲気は物々しい。けれど、オーギュストはゆったりしたものだ。寛いでいるように見える。

「……息抜きだ」

オーギュストのその返答に男が笑った。

「息抜きね。このジョニー様のところへ息抜きしに来るのは、あんたくらいなもんだ。ほんっと変わってるよ。これで国王とはな」

ジョニー・カルディロはカルディロ一家を束ねている男だ。つまり、裏社会に存在する三大勢力の一つを束ねるボスである。

「お前との手合わせは面白い」

オーギュストが言う。ジョニーは口角を上げ、にやりと笑った。

「ふうん？　国のトップには有能な人材がごろごろいると思ったけど違うのか？」

「手が上品すぎてな」

「上品すぎ……」

「育ちがにじみ出ている」

「俺は違うと言いたげだな？　ま、その通りだけどよ。ほら、チェックメイトだ。どうする？」

しばらく考えた後にオーギュストが駒を動かした。

「……その野暮ったい仮面はしたままか？」

ジョニーがちらりと白い仮面に目をやる。チェス盤を見ているオーギュストの表情は変わらない。

「素顔なら戴冠式で見ただろう？」

「目の前で取ったところは見たことがない」

しばらく沈黙が続き、不意にオーギュストが仮面を取る。ひゅうっとジョニーが口笛を吹いた。

「いい男だな」

からかうようにジョニーが言う。

「そうらしいな？」

「そうらしいって……こっちは褒めてるんだから、もっと喜べよ？」

「災厄を呼ぶ顔だ。嬉しくはない」

本当に嫌そうにオーギュストは顔をしかめた。そんな表情さえも美しいと感じるのだから、もうどうしようもなかった。ジョニーが傍の蝋燭で葉巻に火を付けつつ言う。

「災厄？　ああ、冤罪をかけられたからか？　それくらい――」

「……チェックメイト」

駒の配置にジョニーは目を剥いた。

「ああ！　くそっ！　その手があったか！」

ジョニーが悔しがり、オーギュストの背後にいた護衛騎士のレナードがくくと笑う。ジョニーがぶんっと灰皿を投げつけるが、レナードはパシッと受け止めた。

「あ、そうそう、フェリペの野郎がシーリア王国にまで手を伸ばし始めたぜ？」

チェスの駒を新たに配置しつつ、ジョニーが言う。リオ・フェリペは三大勢力の一つ、フェリペ一家を束ねるボスである。ジョニーとは犬猿の仲だ。オーギュストが呟く。

「人身売買と薬か……、手を打とう」

「へぇ、そーいうところはやっぱ国王なんだな？」

ジョニーがからかった。

「国王でなくても動く」

「へえ？」

「子供が泣くからな」

「ああ、ま……そうかもな？」

ジョニーはそう答えた。踏みつけられるのはいつだって弱者だ。自分は嫌と言うほどそれを知っている。かと言って下手に情けをかけることもしない。生き馬の目を抜くこの世界では、中途半端な情は足をすくわれるだけだ。

ジョニーはちらりとオーギュストの顔を盗み見た。恐ろしいほど整った面差しだ。

綺麗すぎると寒気がするって初めて知ったよ……

ジョニーはひっそりそんなことを思う。

艶やかな黒髪は烏の濡れ羽色で、顔立ちは神の細工物のように美しい。なのにこの重圧だ。女みたいだと形容されてもおかしくない容姿なのに、目の前の男にはそんな表現は全くもって似合わない。得体の知れない恐ろしさがある。

けど、蠱惑的な緑の瞳には、出会った当初のようなよどんだ暗さがない。ちらちらとよぎるのは地獄を見た者特有の深淵か……

「奥方は？」

「死んだ」

ジョニーの問いにオーギュストが淡々と答える。

「いや、そっちじゃなくて、後添えは？」

「必要ない」

ぶっとジョニーは噴いた。

「必要ねぇって……お前、国王だろ？　跡継ぎとか必要じゃねーの？」

「跡継ぎなら既にいる」

はぁーっとジョニーがため息だ。

「まったく……お前さぁ、何を好き好んで聖職者みたいにストイックに生きなきゃならねーわけ？　よせよせ、我慢は体に良くねーぞ？」

どさりとソファに深く体を沈め、ジョニーはチェス盤と睨み合っているオーギュストに再び視線を向けた。ふっと出会った頃を思い出す。

俺の賭博場で大勝ちしやがったんだよな……

まったく、賭博場を経営しているこっちは面白くねぇが、見物していた客達は興奮しっぱなしだった。また勝ったぞと、そんな声が何度も聞こえたな。ああ、そうだ……客を全員味方に付けたと言ってもいい。内からにじみ出る自信が強烈な魅力になって、人を惹きつける。こいつなら勝つに違いない、そんな気にさせられるんだ。

――イカサマか？

――いえ、ボス。それが……見ている限り、仕掛けを見抜けません。ですが……

勝ち方が異様だと言う。

確かにと、思った。このまますんなり帰すわけにはいかないか……

そう思ってジョニーは動いたが、オーギュストはその制裁も見越していて、彼との一対一の勝負にまで持ち込んだ。

大した玉だよ、ほんと。たとえ勝負に勝ったとしても、俺が約束を守る保証なんかどこにもねぇってのに。

そして、こいつは勝った。

六つの酒のグラスを用意して一つにだけ毒を入れ、どれが毒入りか分からないようにテーブルを回転させる。それを交互に呑み、生き残った者が勝者だ。もし最後に残った杯があれば、そう、それは毒杯だ。それを手にしたのはジョニーで……引くわけにはいかず呑み干そうとしたけれど、オーギュストはそれを叩き落とした。勝負はついたからと。

――おい、負けたらどうする気だったんだ？

立ち去るオーギュストの背にジョニーが問いかけると、重厚な声が答えた。薔薇の芳香のように甘い、なのにひやりとする声。

――負けないさ。絶対に。

こいつは絶対勝つと言い切った。

当時を思い出し、ジョニーは苦笑する。

ははは、ほんっと、妙に気に入っちまったんだよなぁ。全てに絶望していながら、何かを掴もうと必死になっているような、昏くよどんだあの目にやられちまったか？　そう、あの時のこいつは絶望の中に残ったひと欠片の希望を掴もうとしているように見えた。

「酒は？」

「もらおう」

毒味が必要な国王様がここで呑むのかよ。ほんっとこいつの肝っ玉は一体どうなってやがんだか……。この俺だって、フェリペが振る舞った酒なんか呑まねーってのに。

二つのグラスに酒を注ぎ、その片方をジョニーは掲げた。

「国王陛下に乾杯」

ジョニーはにやりと笑い、手にした酒を呑み干した。

第十八話　二人の母親

「僕は王太子殿下をお母様と呼んでいいのでしょうか？」

ある日のこと、ウォレンがそんなことを言い出した。

マタニティドレスを身につけたローザの腹は、大きく膨らんでいる。結婚半年ほどで妊娠三ヶ月だと診断され、今は妊娠七ヶ月目だ。妊娠が分かった時のエイドリアンの喜びようはまだ記憶に新しい。

ソファに腰掛けて編み物をしていたローザは、お行儀良く隣に座っているウォレンに目を向けた。

子供の成長は早い。ローザが嫁いだ当時は幼かったウォレンも六歳になり、言葉も思考もしっかりしているが、その顔が今は不安そうに揺れている。ローザは優しくウォレンの茶の巻き毛を撫でた。

「あら、もちろんよ。どうして？」

ウォレンがおずおずと言った。

「僕の本当の両親は、伯父の弟夫妻なのでしょう？」

そう問われれば、ローザは頷くしかない。

ウォレンはこの幼さで既にバークレア伯爵だ。伯爵領には代官がいて、まだ領主としての仕事はこなしていないが、れっきとしたバークレア伯爵家当主なのである。名を継ぐために、あやふやだった血筋をはっきりさせたことで、遠慮が生まれてしまったらしい。

「そうね。あなたをとても愛してくれたようよ？」

ローザはウォレンを抱き上げ、膝の上に座らせる。ぷにぷにと柔らかいウォレンの頬にキスをすると、ようやくウォレンの緊張がほぐれ、くすぐったそうに笑った。

うふふ、可愛い……

「ね、ウォレン、遠慮はしないでちょうだい？　わたくしはあなたが大好きよ？　こう思えばいいわ。あなたには二人の母親がいるんだって」

ウォレンの澄んだ瞳がローザを見上げる。

まだまだ甘えたい年頃ですものね？

「あなたは小さな手でわたくしの寝衣を掴んで、マンマと言ってくれたの。あの時の純真無垢(むく)な目は、今でもよう く覚えているわ。あなたがわたくしを母親に選んでくれたのよ？　普通はお腹の中でそれをやるのよね？　でも、小さなあなたは一生懸命わたくしのところへ来て、小さなお手々でわたくしを選んでくれた。あの時からわたくしはあなたの母親になったの。育ての親にね」

ほわほわの茶色の巻き毛をローザが撫(な)でる。

「お母様と言ってくれなくなったら悲しいわ」

じわりとウォレンの目に涙がにじんだ。

「お母様……」

「なあに？」

「パンケーキが食べたいです。お母様が焼いたやつを」

「ふふ、甘えん坊さんね。いいわ。厨房へ行っておやつにしましょうか」

ウォレンの手を引いて城の厨房まで行ったローザは、そこにオーギュストの姿を発見し、目を丸くする。意外だった。国王となった父が、厨房に一体なんの用だろう。傍には調理服を身につけた料理長もいる。

「お父様？」

「ああ、丁度いい。ケーキが完成したところだ。二人で……いや、三人でお茶にしようか」

そう言って微笑む。オーギュストの笑みは、ウォレンにも向けられていた。ケーキの載った皿を手にした料理長は満面の笑みだ。ローザはかがみ込み、ウォレンにひっそり囁いた。

「パンケーキはこの次でいいかしら？」

「はい、もちろんです。陛下のご厚意ですから」

そう言って、ウォレンがにぱっと笑う。笑い方は初めて会ったあの時から寸分違わない。

お茶とケーキが用意された中庭は色鮮やかな花が咲き乱れていて、素晴らしい景観だ。

「どうだ？　美味いか？」

オーギュストが愛娘ローザの姿に目を細める。ゆったりとした仕草は相変わらず優美だ。

中庭に用意されたお茶の場で、ウォレンはオレンジケーキを口にしつつ、オーギュストの美麗な顔をじっと見つめた。黒髪に緑の瞳の麗人は、どっしりとした貫禄（かんろく）があって重々しい。そんな彼を怖いと言う人もいるけれど、ウォレンは優しい人だと思っている。髪をぐしゃぐしゃにしてしまっても彼は笑っていたことを、ウォレンはきちんと記憶していた。

――僕は立派な領主になれるでしょうか？

――……努力をすればいい。

執務室を訪ねたウォレンをソファに座らせて仕事を再開したオーギュストは、書きつける手を止めず、そう言った。ウォレンがオーギュストを訪ねれば、彼はいつだってこうして受け入れてくれる。なれるかどうか、ではなく、なるんだと、そう言われた気がして、ウォレンは身を縮めた。

――陛下の目から見て、僕はその……

――幽霊騒ぎの件はよくやった。

ウォレンは口にしていた茶を噴きそうになった。

え？　バレてる？

思わずオーギュストの方を見たが、彼が書き物から顔を上げることはない。

オーギュストが言うように、ウォレンは幽霊の正体を突き止めたことがあった。夜な夜な城に幽霊が出ると噂になったことがあって、その原因を探った結果、騎士の一人に女装癖があることを突き止めたのだ。仲間の目を忍んで女装した騎士が、夜の城内を徘徊(はいかい)していたのである。それが幽霊の正体だ。

けれど、ウォレンはそれを騎士団長に報告しなかった。でないと、女装癖のある騎士が、仲間から責められるだろうと思ったからだ。そう、放置したのである。それなのに、何故？

――あの、僕は何も、していませんが？

ウォレンはそろりとそう言った。そうだ、何もしていない。幽霊の正体を突き止めただけで放置した。なのに何故褒められたのか……

――人をまとめ上げる力は領主にとって必要だ。

オーギュストが言い、ウォレンははたと気がつく。そうだ、兵士にと志願した領民の子供達を先導したのは自分である。幽霊の調査をしてみようと持ちかけた。

――少年調査団だな？

そう言って、オーギュストがうっすらと笑った。書類に向いていた緑の瞳が、その時だけはウォレンを見ていた。

「そのケーキは、ブリュンヒルデのレシピを再現したものだ」

城の中庭でオレンジケーキを口にするローザに、オーギュストがそう説明する。

「ヒルデは自分の子供に菓子を作りたいと言っていたから、それを叶えてやりたいと思ってな。厨房日誌に残っていたレシピを料理長に命じて作らせたんだ」

ローザは目を見張った。

「これはお母様のレシピですの⁉　でしたらわたくし、自分で作ってみたいですわ！　このケーキのレシピを見せていただけますか？」

「ああ、もちろんいいとも。料理長に言っておこう」

「ありがとう、お父様！　そうだ！　お父様もこのケーキを一緒に作りませんか？」

「……私が？」

ローザの意図を測りかね、オーギュストは困惑する。

「ええ、お父様が！　一緒に料理をすると親子の絆が深まるそうですの！　お父様と一緒に是非！　わたくし、やりたいです！　楽しそうですわ！」

一緒に、か……

はしゃぐローザを前に、オーギュストはふっと相好を崩した。ここまで望まれて断れようはずもない。オーギュストは気軽に了承したが、ローザの次の言葉で凍りついた。

「お父様は、初めてのお菓子作りに挑戦ということになりますわね。うふふ、わたくしが教師で、お父様が生徒。ということは、当然失敗しますわね。お父様の失敗を見られるなんて、こんな時でもなければありませんわ。楽しみですわぁ」

オーギュストの表情には全く出ていなかったが、内心戸惑っていた。

失敗？　失敗……どうやったら失敗する？

オーギュストは、厨房で料理長がやる手順を全て見ていたので、今すぐにでも再現できる。できてしまう。失敗する自信がなかった。

あれのどこをどうすれば失敗するというのか……

焼き加減をわざと間違えるとか？　いや、しかし……わざとらしすぎるとローザに不審の目を向けられそうだ。オーギュストは悶々（もんもん）とし、そうだと思いついた。


「あの、陛下？　ご用件とは……」

急遽、厨房に呼び出されたエイドリアンが、オーギュストの前で萎縮（いしゅく）する。

オーギュストは焦っていた。なにせ時間がない。ローザと一緒にケーキ作りをするのは、明日である。その前に失敗の仕方を学んでおかないとローザを悲しませてしまうと、そう思い込んでいた。

完全な誤解であるが……

「このレシピ通りに菓子を作れ」

用意された材料を前に、菓子のレシピを手渡されたエイドリアンは戸惑った。

「あの、私は料理なんてしたことはありませんが」

「だから最適なんだ」

「はい？」

「失敗しても構わん。その通りに作るんだ」

というか失敗してもらわないと困る。失敗の仕方が分からない。とにかく失敗の手本になれと、オーギュストは内心そう命令していた。

「は、はあ……」

言われるまま、エイドリアンはおっかなびっくり菓子作りを開始した。

しかし、最初に袋に入った小麦粉を手に取ったかと思うと、そのままどばあっとボウルにぶちまけ、オーギュストは目を剥く羽目となった。「馬鹿もん！　そんなやり方があるか！　きちんと分量を量れ！」と言いそうになったところを、ぐっとこらえる。やり方を見ておかないと失敗できない。口出しは厳禁だ。そうは思うものの、口を出さない……これがかなり大変だった。

どうしてそんな間違いをするのか分からない。イライラしっぱなしだった。わざとか？　わざとやっているのか？　そう思えてならない。

エイドリアンが不器用ながらも卵を割れば、ボウルに卵の殻が入る。そのまま気にせずかき混ぜる。オーギュストはエイドリアンの頭を殴りたくなった。

そんなもん誰が食べたい！　殻が口の中でじょりじょり言うだろう！

小麦粉をふるいにかければ、半分はボウルから外に出る。小麦粉の量が元の半分だ。これではたとえ正しく分量を量っていても、絶対失敗する。失敗するだろうが、これを参考に？　アッパラパーと言いたくなる。

さっくりと切るように混ぜると書いてあるのに、練り練り練り……ち、が、う！　極めつきは、当然のように焼き加減を誤り、こんがり、ではなく、もはや消し炭である。オーギュストは怒り出さないようにするので精一杯で、もうどうしようもない。

オーギュストがむっつりと腕を組んだまま立っていると、エイドリアンが炭になったケーキをおずおずと差し出した。

「その、出来上がり、ました」

まさしく、ザ・スミ！　である。オーギュストの眉間の皺がいっそう深くなった。これをどうしろと？

「そうだな、出来上がったな。これをケーキと呼ぶのか？　お前は」

ぶち切れそうなところをあえて我慢したが、エイドリアンはひっと身を引いた。どうやら無言の怒りを感じ取ったらしい。

「炭ですね」

「ああ、炭だな。食べてみるか？」

「いえ、遠慮します」

エイドリアンの言い分はもっともで、食べなくても味は容易に想像できた。炭はどうしたって炭である。

「もう一回やりますか？」

エイドリアンが恐る恐るそう提案するが、オーギュストはふいっとそっぽを向いた。

「いや、やめておく。今のをもう一回やられたら、台所を破壊しそうだ」

「はい？」

「とりあえず参考に……なってないような気もするが、菓子作りはここで終了だ」

でないと精神衛生上良くない。今も必死に怒りを抑えている状態だ。

エイドリアンを台所から追い出した後、とりあえず今のを脳内で再現……しようとして、オーギュストが手にした菜箸がボキンと折れた。握りすぎたのだと分かる。

どこをどうやればあんな失敗ができるのか……これを参考に？　目眩が……


「楽しいお料理教室の始まりですわぁ！」

翌日、ローザの楽しそうな顔を見て、ようやくオーギュストは機嫌を直した。ローザの笑顔はかくも威力がある。いつだって幸せな気分にしてくれる。とにかく乗り切ろう。さりげなく、さりげなく失敗すればいい。ローザを悲しませないよう、オーギュストはそう考える。

「では、エプロンをどうぞ」

手渡されたのは、厨房の料理人が身につける紺のエプロンだ。ローザが身につけているのはレースの付いた真っ白いエプロンで、やはり愛らしい。

ブリュンヒルデも菓子を作る時はこんな風だったか……

オーギュストがつい見入ってしまうと、ローザは何やら恥ずかしそうだ。

「どこかおかしいですか？」

「いや、よく似合っている」

これを目にできただけでも今日ここへ来た甲斐があると思う。

設備の整った広々とした厨房は貸し切り状態だ。他の料理人はいない。オーギュストが邪魔だと追い出したからだ。いつも引っついている二人の護衛は、厨房の外で部外者が入らないよう見張っている。

オーギュストがローザの指示通り卵を手に取って、それを割る。エイドリアンの卵の割り方を完璧に真似たので、やはりボウルに殻が入った。

「あら、それでは駄目ですわ、お父様。卵の殻が入っていてよ？」

うふふとローザが笑いながら、オーギュストの手元を覗き込んでくる。どうやら不自然に見えなかったようで、オーギュストはほっと胸を撫で下ろすも、ふと思う。ローザはやけに楽しそうだ。

自分とはえらい違いである。

私はエイドリアンの失敗を目にする度に、怒鳴りそうになった。怒るのを抑えるのがひと苦労で……ローザは楽しそう。この違いはなんだ？

「……楽しいか？」

オーギュストはついそんなことを聞いてしまう。

「ええ、とっても」

ローザは本当に楽しそうだ。ボウルに入った卵の殻を丁寧に取り除いていく。

「何故イライラしない？」

「あら、どうしてイライラしますの？」

「失敗した」

怒ってもいいんだぞ？　と暗に言うが、ローザは軽やかに笑う。

「うふふ、初心者ですもの。失敗して当たり前ですわ」

「あたりまえ……」

「お父様はなんでもできてしまいますから、こういったことはいい経験になるのではありませんか？　できて当然ではなく、失敗して当然と思えるようになれれば、イライラしなくなると思いますわ。それに、失敗するお父様は可愛いです。うふふ、本当、新鮮でいいですわね」

ローザの笑う顔の方がよっぽど可愛いが……そんな風に思いつつ、金髪の女神の微笑みを見返し、次いで卵の殻の入ったボウルに視線を移す。

これがいいということか？

オーギュストは首を捻ってしまう。

今一つ分からない……

分からないが、自分とローザとの反応の違いに、もしかしたら自分の心が狭いのではないかという考えに、ふと思い当たる。イライラするのは自分の心が狭いから……それは少し、いや、かなり問題だ。もっと大らかに……そんな天の声が聞こえたような気がした。

翌日の午後、緑溢れる庭園でお茶会を開くことになった。作ったケーキを皆で食べようというわけだ。ローザとオーギュストの他に、エイドリアンとウォレンの二人を招待する。咲き乱れる花が彩りを添え、吹く風は心地いい。

ウォレンが差し出されたケーキを頬張った。

「お母様、美味しいです！」

「うふふ、そう？　嬉しいわ」

ローザが嬉しそうに笑う。

「うん、美味い！」

ローザの手作りケーキを頬張り、エイドリアンもまた嬉しそうに笑う。にこにこと本当に嬉しそうだ。脳天気とも言えるエイドリアンを目にしたオーギュストはため息だ。

「本当にお前はどうしてそうなのか……」

オーギュストはそう呟き、手にした紅茶を口にする。

「はい？」

「お前と関わると、何故かこんな風に自分の欠点を思い知らされる。無自覚だから、本当、どう言えばいいのか分からん」

「欠点？」

「今回は自分の心の狭さを思い知らされた。ああ、いい、説明したくない」

エイドリアンの質問を遮り、オーギュストは手にしたケーキを口にした。懐かしい味に、ふっと泣きそうにもなってしまう。ああ、本当にブリュンヒルデがここにいるかのようだと、そう思う。

——分かるかしら？　オーギュ。とっておきの隠し味は愛情なのよ。

そう言って彼女は笑った。料理は愛情だと……。その言葉通り、彼女が作る手料理は何よりも美味しいと、当時のオーギュストはそう思ったものだ。単なる欲目なのかもしれないが……

「お父様、美味しいですか?」

ローザに笑いかけられれば、まさしく夢の国である。

「ああ、美味い。まるであの当時に戻ったかのようだ」

オーギュストはそう答えて笑った。

第十九話　パパと呼んでもらいたい

出産は安産だったらしい。

らしいというのは、ローザ自身はこれで安産? と思ったからだ。母親になるって大変なのね……つい、そんな思いが湧き上がる。体力はあり余っている。痛みにも強いはずなのに、この体たらくだ。ローザはぐったりとベッドに横たわったまま、動く気力もない。

そして、それ以上に疲労困憊(こんぱい)しているのが、生まれるまでずっとやきもきさせられていたエイドリアンであろうか。赤ん坊が産声を上げ、部屋に通されるなり、力が抜けたように床にへたり込んでしまったのである。

「可愛らしい女の子ですよ、ローザ王太子殿下」

おくるみにくるまった赤ん坊を女医からそっと受け取ると、赤ん坊の澄んだ瞳は、碧い海の色である。ローザは顔をほころばせた。

「碧い目だわ」

「ローザの目だな？」

そう言って覗き込んだのは、祖父となったオーギュストだ。嬉しそうに緑の瞳が細められる。玉のように可愛らしい女の子は黒髪である。夫であるエイドリアンの色だとも、祖父であるオーギュストの色だとも言えた。どちらも黒髪だ。

ローザはすんっと我が子の匂いを嗅ぎ、満足げに目を細めた。甘くて良い匂いだ。我が子の成長を夢見て、ローザは微笑んだ。


それから一年近い月日が流れ、どうなったかというと……

「ローザ……」

夫婦の寝室へやってきたエイドリアンが、何やら意気消沈していた。どんよりとした雨雲を背負っているかのよう。不思議そうにローザが小首を傾げる。

「どうしましたの？」

「エリンがパパって言った」

娘のエリンはまだ一歳未満の乳飲み子だ。言葉を話せば誰もが喜ぶ時期である。ローザは落ち込んだ様子を見せるエイドリアンに首を捻るしかない。

あらあ？　それは嬉しい出来事ではありませんの。何故そんなに暗い顔をしているんですの？　もっと喜んだらよろしいのに……。少し前に発語があったエリンの最初の言葉はもちろん「ママ」であったが、それでもおめでたいことに変わりはない。ローザは顔をほころばせた。

「あら、それは」

おめでとうとローザが言う前に、エイドリアンが告げる。

「陛下に向かって」

「え……」

その意味が分かってローザは慌てた。

えぇ？　もしかしてお父様に向かってパパ？　何故？　あ……

「父がしょっちゅうエリンを抱っこしているから？」

現時点ではエイドリアンよりもオーギュストの方が、触れ合う時間が多い気がする。

「だと思う」

エイドリアンが頷く。なにせオーギュストは娘のエリンを執務室にまで連れ歩くのだ。仕事の話が子守歌代わりになっている。エイドリアンがもそもそと言った。

「なぁ、ローザ……。王族って普通、子供の世話は乳母に丸投げなんじゃないのか？　なのに、陛下は自分でエリンのおしめ替えまでするんだ。それがまた妙に手慣れているし、エリンはエリンで、陛下にあやされるとご機嫌だし……」

じっとりとした口調は、まるで恨み言を口にしているかのようだ。娘を取られた気分なのだろう。

「ええ、まぁ、そうですわね？」

ほほほとローザが誤魔化すように笑う。

父が自主的に手伝っているだけなので、文句を言うわけにもいかない。そも、娘を産んでからこっち、エイドリアンは仕事漬けである。今までオーギュストがこなしていた業務がきっちり回されていた。なので、新婚気分はどこへやら、今ではひいひい言っている。それでもオーギュストが抱えている膨大な仕事のほんの一部なのだから、これまた何も言えない。

「エリンにパパって言ってもらいたい」

ローザに抱きつき、エイドリアンがしおれた。今にも泣き出しそうだ。それを目にしたローザの胸がきゅうんと甘く締めつけられる。可愛い……そう思うも、それは口に出さず、ローザはよしよしとエイドリアンの頭を撫でた。ふわふわとして柔らかな黒髪だ。

「二人目はいかが？」

ローザが微笑んでそう口にすると、エイドリアンが目を丸くする。しかし、すぐに嬉しそうに顔をほころばせた。

「ローザ、愛している」

「ふふ、わたくしもですわ」

ローザがふわりと笑う。その笑顔は咲き誇る白薔薇のよう。その微笑みに眩しそうにエイドリアンは目を細め、そっと口づけた。

第二十話　伝説は永久に

「ほほほ！　白薔薇の騎士に代わってお仕置きよ！」

そう言ってのけたのは、ローザとエイドリアンの愛娘エリンである。若干六歳の幼女だ。周囲は訓練兵と騎士見習いの少年達でごったがえしている。そう、ここは兵士の訓練場だ。そこに王女のエリンが乱入し、勝負を挑んだというわけである。

「とぉう！」

エリンが木刀をぶん回し、騎士見習いの少年の頭にぱっかんと見事に命中させる。

「ま、まいりました！」

少年兵が降参だと手を挙げると、エイドリアンが笑った。

「君にそっくりだな？」

「そうですわね」

乳飲み子の息子を抱えたローザもまた、ほほほと笑う。

「マミィ、見てて下さいまし！　わたくし、わたくし絶対、ダディのように強くなってみせますわ！」

エリンが頬を紅潮させつつ、そう宣言する。ちなみに「ダディ」とはオーギュストのことである。エイドリアンのことは「パピィ」と呼ぶ。何故こうなったかというと……

――パパはこっちだエリン、パパはこっち！

義父をパピィと呼び始めた娘に危機感を覚えたエイドリアンが必死に訴えた結果、エリンはエイドリアンをパピィと呼ぶようになった。そこまでは良かったが、パパが二人になってしまい、エリンは困ったようだ。いつの間にかオーギュストをダディと呼ぶようになっていた。

――お祖父様だと教えたのですけど、ね。

そう言って、ローザは苦笑していた。なにせ、顔立ちがオーギュストに似ているとあって、二人が並ぶと、まるで親子のようだと周囲が褒めちぎる。オーギュストの年齢不詳の外見から、どうしてもそう見えるらしい。エリンもそれが満更ではないようで、結局「ダディ」である。

「どうしてエリンは陛下似なんだろうなぁ……」

ぽつりとエイドリアンが言う。人はそれを隔世遺伝と言う。

「あら、黒髪はエイディーからですわよ？」

「陛下も黒髪……」

「そ、そうでしたわね」

ほほほとローザが笑う。エイドリアンはちらりとローザに抱かれる息子を見た。可愛い玉のような男の子だ。が、金髪に緑の瞳……目の色はオーギュストで、顔はローザに似ている。

「なんだろう？　二人の子供に拒絶されているような気がするのは気のせいかな？」

自分の遺伝子がどこにもないと言いたげだ。いじけ始めたエイドリアンをローザが必死で宥める。

「き、気のせいですわ。ほ、ほら、目元はエイディーに似ていますわ！」

「そうかな？」

じっと見下ろせば、息子のテオドールはあぶぅと可愛らしく笑う。エイドリアンの顔がへにゃりと崩れた。

「そうですわよ！　笑った顔なんか、エイディーにそっくりです！」

その気になったエイドリアンが、息子と一緒になってあぶぶと笑う。

それを端でじっと見ていたウォレンは、笑う顔はお母様に似ていますよと、そう思ったが言わない。伯父のエイドリアンがいじけそうだと考えたのだ。

十二歳になったウォレンは、勤勉で心優しい少年へと成長していた。くるくるとした茶の巻き毛の愛らしい顔立ちには、真面目さと誠実さがにじみ出ている。

「エリン王女殿下、お手合わせをお願いします！」

そう言ったのは立派に成長した十四歳のニコルだ。ダークブロンドの髪の幼かった顔は引き締まり、立派な騎士になるんだと、日夜剣の稽古に励んでいる。

「分かりましたわ！　お仕置きして差し上げます！」

木刀を振り回す幼女だが、本当に可愛らしい。なにせオーギュスト似の美貌だ。誰もが振り返る。サラサラの髪は烏の濡れ羽色で、碧い瞳はローザの色を映して美しい。大人になれば絶世の美女になること間違いなしである。

「い、いえ、その、王女殿下、悪党ではないのでお仕置きは勘弁していただけませんか？」

ニコル少年は苦笑いだ。

と、そこで空気がざわりと揺れた。訓練兵達の視線を追い、現れた人影に目をとめたエリンの顔がぱっと輝く。黒衣の麗人オーギュストの登場だ。彼が現れるとどうしても周囲がざわめく。彼の存在感に圧倒され、その美貌に心酔する。

赤い薔薇のよう……

その呼称はいまだ健在で、王室画家となったマデリアナは、よくオーギュストと赤い薔薇を組み合わせて絵を描く。マデリアナの才能を遺憾なく発揮して描き出されたオーギュストの姿は、誰もが素晴らしいと褒め称える出来映えだ。

そして、傍に寄り添って立つのはいつだって、艶やかな微笑みを浮かべたローザである。聖王リンドルンの再来と言われた親子は市井でも人気が高い。

「ダディ！」

エリンが喜び勇んで駆け寄ると、オーギュストの両手が木刀を手にした幼女を抱き上げる。眩しそうに細められた目は温かだ。背後にはやはり巨漢のゴールディと優男のレナードが付き従っている。彼らの忠誠心は生涯変わらないに違いない。

「稽古か？」

「そうですわ！　悪党を成敗していたところですのよ！」

ローザの真似をし、得意げにほほほと笑う。こうして孫娘の姿に目を細めるオーギュストと並ぶと、まさに絵に描いたような理想の父娘に見える。エイドリアンがいじけそうだが……

「ふ、はは、そうか。手加減などいらない。コテンパンにしてやれ」

オーギュストが笑うと、侍女達の間に熱気がさざ波のように広がった。年齢不詳の美貌はいまだに衰えを見せず、年を取ってさらに深みが増したようである。蠱惑的な緑の瞳に時折よぎる影が、この上ない魅力になっているようだ。

「はい！」

エリンが元気良く返事をし、近寄ったローザが困ったように笑う。

「お父様……」

「エリンは私に似て筋がいい」

オーギュストに褒められたエリンが、誇らしげにぐいっと胸を張った。ふんすと鼻息が荒い。

「陛下！　お手合わせをお願いできますか？」

そう言ったのはニコルだ。オーギュストを慕うウォレンがいい緩衝材になったようで、今ではすっかりオーギュストの存在に慣れっこである。オーギュストが答えるより早く、エリンの可愛らしい声が割って入った。

「まあぁ！　悪党のくせにダディに挑戦なんて百万年早くってよ！　わたくしに勝ってからになさいな！」

エリンがまたほほほと笑う。ニコルはたじたじだ。

「いや、僕は悪党ではなくて、ですね……エリン王女殿下、あなたを守る騎士ですよ。騎士志望なんです」

「なら、なおさらわたくしに勝たなくては駄目です！」

エリンがふんふんと鼻息荒く言う。

「ふふ、わたくしがお相手をしましょうか？」

ローザの申し出にニコルは喜んだ。

「ローザ王太子殿下にお手合わせをしていただけるなんて光栄です！」

ニコルにとっては本当に光栄だった。夢が叶ったような気分である。

「マミィ！　がんばって下さいましぃ！」

練習用の剣を手に向かい合って立つローザとニコルに、オーギュストに抱っこされたエリンが声援を送る。

「ほーっほっほっほっ！　エリンのために勝ってみせますわぁ！」

さりげなく負けるはずが、愛娘に応援されたローザはいいところを見せようと俄然張り切ってしまい、結局ニコルは一勝もできずに終わる羽目となる。

「マミィ、強い！　マミィ、素敵！　格好いいですわぁ！」

ローザの圧勝にエリンは大喜びだ。手を叩いて大はしゃぎである。立つ瀬のないニコルは苦笑いだが、これもまた強い騎士になるための修行と思えばいいだろう。

「ほら、見てみろ。お前のママは美しくて強い白薔薇の騎士だぞ？」

エイドリアンがローザの勇姿を褒めると、彼に抱っこされている息子がにぱぁと笑った。体を上下に揺らしてあやすと、きゃっきゃと笑う。その緑の瞳はどきりとするほど澄んでいて、笑顔はキラキラと輝いて眩しかった。この先に続く明るい未来を象徴しているかのように。

後日譚　グランマのレシピ再び

「ローザちゃんの手作りケーキが食べたい」

リンドルンの王城に遊びに来ていたヴィスタニア帝国の皇帝ギデオンが、突然そんなことを言い出した。ここは王城の応接室である。目の前には美味しそうな焼き菓子がたくさん並んでいるが、ブリュンヒルデのレシピを再現したという話を聞き、自分も食べてみたいと思ったらしい。乳飲み子の息子テオドールを抱いたローザがふわりと笑う。

「ふふ、でしたら明日作って差し上げますわ」

「マミィ！　わたくしも手伝います！」

ローザに続き、同席していたエリンが元気良く名乗り出た。ぱっちりとした碧い瞳は愛らしく、白い肌を縁取る長い髪は烏の濡れ羽色だ。赤銅色の髪の巨漢ギデオンが破顔する。

「お、エリンちゃんの手作りか！　そりゃあ、いい！　楽しみにしているからな！」

本当に嬉しそうだ。ローザが大好きなギデオンは、大姪のエリンもまた大変な可愛がりようである。先月盛大に祝われたエリンの六歳の誕生会には、ギデオン自身がプレゼントを山ほど持ってやってきたものだ。

翌日、エイドリアンが二人の様子を見に厨房に顔を出すと、エプロン姿のローザとエリンがいた。フリルの付いたお揃いのエプロンである。息子のテオドールは乳母に預けられ、残念ながら不参加だ。エイドリアンの姿を認めたローザが微笑んだ。

「せっかくですから、エイディーも一緒にやりますか？」

「え？　わ、私が？」

ローザの提案に、エイドリアンは及び腰だ。

「以前作ったケーキは大失敗だったが、いいのか？」

消し炭のケーキを作った、いや、作らされたことを思い出したエイドリアンがそう告げると、あらあらとローザは笑う。

「慣れないうちはそんなものですわ。きっとエリンもたくさん失敗しますわよ。せっかくですので挑戦してみてはいかが？　まず、材料を量りましょうね」

エリンが「はあい」と元気良く言うも、ふと、きょろきょろ周囲を見回した。

「……ダディは？」

一緒じゃないの？　とエリンが言い出し、エイドリアンは笑顔のまま固まった。ここにオーギュストが来たら、悪夢の再現である。極寒の厨房に早変わりだ。

「エ、エリン、その、陛下はきっと忙しい！」

「来ない、の？」

今にも泣き出しそうな悲しげな顔である。エイドリアンは愛娘のおねだりに折れた。一応お伺いを立てる、という名目で使いを出せば、オーギュストは当然のようにやってくる。どんなに忙しくてもローザとエリン、そしてテオドールのためならオーギュストは動く。その事実を失念していた時点で、エイドリアンの敗北は決定だった。

城の厨房に黒衣の麗人が姿を見せるとエリンは大喜びし、エイドリアンはがっくり膝をつきそうになる。どうか悪夢の再現となりませんように、と祈るばかりであろうか。

「ブリュンヒルデのレシピの再現か？」

オーギュストが問い、ローザがにっこり笑った。

「ええ。今回はチョコレートケーキとフルーツケーキの二種類を焼こうと思いますの」

「グランマのレシピですわね！　わたくしがんばります！」

エリンがおしゃまにほほほと笑う。

「ではまず分量を量りましょうか」

ローザの指示に従って、テーブルの上に積み上げられた材料の下準備をする。卵白を入れたボウルをエリンに手渡し、ローザが言った。

「では、はい、エリン、卵白を泡立ててね？　こうやるのよ？　ぴんっと角が立つまでしっかりね？」

「はあい！」

ローザの指示に従い、元気にエリンがボウルの中の卵白を泡立て始める。

「で、えー……ローザ？　この小麦粉は？」

「ふるいにかけてちょうだい。こんな風にやるのよ？」

エイドリアンがローザから受け取った粉ふるいを使って小麦粉をふるいにかけていると、その場にごつっといい音が響いた。オーギュストに殴られたのだ。もちろん手加減されているので頭蓋骨陥没はしていない。が、うずくまるほど痛かったらしい。

「へ、陛下?」

「前も同じことをやっただろう。お前のやり方は雑だ。小麦粉がボウルから外に出ている」

「え?　あ……」

ボウルの周囲が真っ白だ。

「ぶんぶん振りすぎるんですわね。もう少し丁寧にやって下さいませ」

ローザが取りなし、エイドリアンがやり直す。その後もことごとくがこの調子であった。以前は横で見ていただけなのに、今日は容赦なくオーギュストの指示が飛んでくる。

「違う!　練るんじゃない!　切るようにさっくりと混ぜる!」

「はい!」

「バターを焦がすな!　溶かすだけだ、馬鹿者!」

「はいぃ!」

ぽんぽん怒声が響き、まるで鬼教官のようであるが、細かく指示するだけあって、オーギュストの手際はもの凄く良い。まるでプロの料理人のようで、ローザは目を丸くした。

「……お父様、上手ですわね?」

以前、一緒に料理をした時は、オーギュストがわざと失敗していたことをローザは知らない。料理は下手だと思い込んでいたので、驚きもひとしおだ。

「ブリュンヒルデのレシピは全部記憶している」

オーギュストがチョコレートクリームを泡立てながら答えた。そこへエリンが割って入り、泡立てた卵白の入ったボウルを掲げる。

「ダディ！　ぴんっと角が立ちましたぁ！　これでいいですか？」

オーギュストが笑った。ふわりと温かい。

「ああ、上手いな。エリンは何をやらせても上手い」

「えへへぇ」

エリンが得意満面だ。ローザは嬉しくなってしまった。

「お父様、褒め方が上手くなりましたわね？　もしかして、わたくしが以前、お父様は褒めても下さらないって拗(す)ねたことを気にしましたの？」

「……」

オーギュストが決まり悪そうにふいっと横を向いた。黙々と作業を続けているオーギュストを見て、ローザは図星だったのだと気がつく。

え？　あらぁ？　本当に？　気にしましたの？　あらあらあら……

ローザはくすくすと笑う。

「焼き上がったら、みんなでお茶の時間にしましょうね」

「わあい！　楽しみ！」

エリンが諸手を挙げて喜んだ。

無事焼き上がった二種類のケーキを見て、エイドリアンがぽつりと漏らす。

「ちゃんとしたケーキだ」

感動している様子だ。

「ええ、そうですわね？」

「凄い」

エイドリアンが呟き、ローザは大げさねと笑う。

「これで普通だ馬鹿者」

ぼそりとオーギュストが言う。

「で、ですが以前は！　全部自分でやれと命令されて！　一生懸命やりましたが消し炭でした！」

エイドリアンの叫びにローザは目を丸くした。

「あら？　父と一緒に料理をしたことが？」

「ある！　レシピ本だけで作れとやられて！　意味不明な部分が多くて閉口した！」

エイドリアンの言い分にオーギュストが眉をひそめた。

「意味不明？　どの辺が？」

「何から何までです！　小麦粉をふるいにかけるって言われても、あの時はふるいの意味すら分からず、焦れた陛下が、こう、丸い網を持ってですね、トントン叩いて小麦粉をボウルに落としたので、ようやく意味が分かったんですが！　陛下の目が怖くて怖くて！　手が震えて、ぶんぶん振ってしまいましたぁ！」

それで大量の小麦粉がボウルから飛び出した、と……。意味不明な行動の意味が分かって、オーギュストは額を押さえた。

「エイディーには実演してみせるのが一番ですわね」

ローザがくすくすと笑う。

「実演……」

「ええ、やってみせれば一番分かりやすいと思いますわ」

「そうだな」

オーギュストはチョコクリームを挟んだスポンジケーキをプロの料理人も顔負けの手際でくるくるっとデコレーションしてのけ、その後、布で綺麗に拭ったパレットナイフをエイドリアンに手渡した。

「同じようにやれ」

生クリームの入ったボウルをエイドリアンに突きつけ、オーギュストがそう要求する。エイドリアンはぽかんと口を開けた。目の前にはフルーツケーキ用のスポンジがある。

「え……」

「見ていただろう？　今と同じようにクリームを塗ればいい」

「え、ちょ……」

「パピィ、がんばって！」

エリンが可愛くおねだりだ。

で、どうなったかは言わずもがなである。同じようにやれと言われて、できれば世話はない。当然のように失敗して、せっかくのケーキがぐだぐだである。オーギュストの額にピキリと青筋が浮かんだ。オーギュストの場合、自分が失敗しないものだから、他人が失敗すると、「失敗＝わざと＝嫌がらせ」という思い込み思考がどうしても回る。

「どこに目が付いている！」

そして雷だ。

「申し訳ありませぇえええん！」

オーギュストの怒声で、エイドリアンが身を縮めた。

「お父様。エイディーは未経験者ですので、大目に見てあげて下さいまし」

ローザが苦笑交じりに取りなした。ローザの取りなしが功を奏したか、オーギュストはそれ以上何も言わず、エイドリアンが塗りたくったクリームを黙ってすくい取る。

「今度はわたくしがやりますわ！」

エリンが張り切ってぺったぺったと生クリームを塗り、実に楽しそうだ。出来映えはやはりぐだぐだである。エイドリアンとどっこいだ。

「ははは、上手いな」

オーギュストが褒め、エリンがえっへんと胸を張る。それを目にしたエイドリアンは驚いた。オーギュストの美麗な横顔をまじまじ見てしまう。もう一度エリン作のデコレーションケーキを見直した。どう見ても自分がやったのと大差ない。なら、何故自分は怒られたのか……

「陛下」

「うん？」

「腹は立ちませんか？」

「何故？」

いや、何故と言われても、こっちが聞きたいのですが……

エイドリアンは喉元まで出かかった言葉をかろうじて呑み込む。どうしてもオーギュストが綺麗にデコレーションしたチョコレートケーキとエリン作のぼってりとしたフルーツケーキを見比べてしまう。それでようやく、エイドリアンの言いたいことを理解したオーギュストが言った。

「……エリンは子供で、お前は大人だな？」

オーギュストに呆れ気味に言われて、エイドリアンははたと気がつく。子供に対して怒るのは大人げない、と……。それくらいも分からないのかと言われた気がして、ええ、そうですねと、エイドリアンはひっそり涙した。

そういえば陛下は子供には甘かった……

そんな事実を、エイドリアンは今更ながらに思い出す。

「できましたわ！」

エリンが生クリームを絞り、色とりどりのフルーツを飾って完成である。完成したフルーツケーキを前に、エリンは大喜びだ。

その日の午後、ギデオンとウォレンを交えてのお茶会が開かれた。

「ギデオン皇帝陛下、どうぞ召し上がれ」

切り分けたフルーツケーキを差し出したエリンがにっこり笑うと、ギデオンがぶっとい指をチチと振る。

「エリンちゃん、違う違う、パピィだよ、パピィ」

「やめろ、混乱する」

同じように茶会に参加していたオーギュストが横やりを入れた。

「じゃあ、グランパはどうだ？」

ギデオンが意気揚々とそう提案するが、オーギュストの眉間に皺が寄る。

「グランパは私だ、このたわけ」

「お前はダディだろ？　グランパは私に譲れ！　ほーら、エリンちゃあん、グランパだよ、グランパ」

エリンがオーギュストに目を向けると、無言で首を横に振っている。それを見たエリンは困ったようだ。んーっと難しい顔をし、閃いたように指を立てた。

「パピィ二号でいかがでしょう？」

「に、二号？」

ギデオンが目を白黒させる。

「はい！　ギデオン皇帝陛下はパピィ二号です！」

「二号……もしかして、こいつの下？」

ギデオンがエイドリアンの顔を指差し、こっくり頷くエリンを見て、頭を抱えた。

「ぬおおおお！　こいつの下は嫌だあああああ！　男の沽券に関わる！　つか、プライドが許さん！　エリンちゃん、グランパで！」

「ダディが嫌がっているので駄目ですわ。さ、パピィ二号、どうぞ召し上がれ？」

にっこり笑って、可愛い大姪のエリンにそう告げられ、ギデオンがいじけたことは言うまでもない。ぶっとい指でテーブルにのの字を書いていた。今日も平和である。

恋人のいたエイドリアンと結婚したローザ。「お前ほど醜い女はいないな。興ざめだ。」初夜でそんな言葉を投げつけられたものの、ただ父の命令で嫁いだだけの彼女には、エイドリアンへの好意はこれっぽっちもない。一刻も早く父の管理下から逃れるべく、お金を貯めて離縁して自由を手に入れようと奮起する。一方で、掃除に炊事、子供の世話、畑仕事に剣技と、なんでもこなす一本芯の通ったローザに、エイドリアンはだんだん惹かれていくが…?

アルファポリス 漫画 検索

ISBN978-4-434-31774-3
B6判 定価:748円(10%税込)

この作品に対する皆様のご意見・ご感想をお待ちしております。

おハガキ・お手紙は以下の宛先にお送りください。

【宛先】

〒150-6008 東京都渋谷区恵比寿4-20-3 恵比寿ｶﾞｰﾃﾞﾝﾌﾟﾚｲｽﾀﾜｰ 8F
（株）アルファポリス　書籍感想係

メールフォームでのご意見・ご感想は右のＱＲコードから、
あるいは以下のワードで検索をかけてください。

アルファポリス　書籍の感想

ご感想はこちらから

本書は、「アルファポリス」（https://www.alphapolis.co.jp/）に掲載されていたものを、改稿のうえ書籍化したものです。

華麗（かれい）に離縁（りえん）してみせますわ！ 3

白乃いちじく（しろの いちじく）

2023年 5月 5日初版発行

編集－堀内杏都
編集長－倉持真理
発行者－梶本雄介
発行所－株式会社アルファポリス
〒150-6008 東京都渋谷区恵比寿4-20-3 恵比寿ｶﾞｰﾃﾞﾝﾌﾟﾚｲｽﾀﾜｰ8F
TEL 03-6277-1601（営業） 03-6277-1602（編集）
URL https://www.alphapolis.co.jp/
発売元－株式会社星雲社（共同出版社・流通責任出版社）
〒112-0005 東京都文京区水道1-3-30
TEL 03-3868-3275
装丁・本文イラスト－昌未
装丁デザイン－AFTERGLOW
（レーベルフォーマットデザイン－ansyyqdesign）
印刷－中央精版印刷株式会社

価格はカバーに表示されてあります。

落丁乱丁の場合はアルファポリスまでご連絡ください。

送料は小社負担でお取り替えします。


ISBN978-4-434-31938-9 C0093